NOTA SOBRE LA PRESENTE EDICIÓN

El volumen que el lector sostiene entre sus manos forma parte de la apuesta de ECC Ediciones y su división ECC Arte y Coleccionismo por la recuperación del patrimonio del cómic español y la reivindicación de los mejores autores de nuestra historia. Fruto del acuerdo alcanzado con los herederos de **José Ortiz** y **Antonio Segura**, a quienes agradecemos su colaboración y entusiasmo, se inaugura una biblioteca a través de la cual pondremos en valor el trabajo del dibujante, uno de los grandes referentes del noveno arte, cuyo talento fue reconocido a nivel internacional.

Esta edición de ***Hombre*** se ha preparado directamente a partir de páginas originales, restauradas para la ocasión. Y en nuestro afán por respetar al máximo el trabajo de los autores y por hacer justicia a una obra tan emblemática, en todos los casos en los que ha sido posible hemos optado por mantener la rotulación original, limitando los cambios a las correcciones ortotipográficas esenciales.

En cuanto al orden de las historias recopiladas en este primer volumen, a pesar de que Hombre protagonizó su primera aventura en las páginas de *Cimoc* núm. 1 (1981), nos hemos decantado por situar en primer lugar los episodios de la historia *El mejor mundo posible*, serializada en la revista *K.O. Comics* (1984), por entender que funcionan como inmejorable presentación de este fascinante universo de ficción. Además, dicha saga se presenta ahora con una importante novedad: la inclusión de un quinto capítulo que hasta el momento permanecía inédito.

Por otra parte, a la hora de reproducir las historias publicadas originalmente en *Cimoc*, hemos decidido respetar la voluntad expresada en su momento por José Ortiz de comenzar por *Una tumba de hormigón*, a pesar de que, en realidad, esta fue la segunda historia del personaje aparecida en dicha cabecera. El resto de aventuras de Hombre pertenecientes a esta etapa están ordenadas en función de su fecha de publicación, independientemente de cuándo fueron dibujadas.

HOMBRE

VOLUMEN 1

HOMBRE

VOLUMEN 1

JOSÉ **ORTIZ**
dibujo

ANTONIO **SEGURA**
guion

HOMBRE vol. 1
Primera edición: Enero de 2024

ECC Ediciones. Santa Tecla, 1. 08012 Barcelona.

Rotulación: **Marc Viaplana**
Ilustración de portada: **José Ortiz**
Diseño: **Héctor Márquez**
Edición: **David Fernández**

Impreso en España DL B 19595-2023 ISBN: 978-84-19972-96-5

Más información sobre nuestras publicaciones en **www.eccediciones.com**
Si deseas adquirir nuestros cómics, puedes hacerlo en **www.ecccomics.com**
Puedes adquirir arte original en **www.eccarteycoleccionismo.com**
Si tienes una librería y quieres disponer de nuestros títulos, envíanos un e-mail a **comercial@eccediciones.com** o llama al **93 252 20 28**

Contacto para medios: **prensa@eccediciones.com**

/eccediciones canaleccediciones

HOMBRE

ÍNDICE

UN CLÁSICO POSTAPOCALÍPTICO PARA TIEMPOS PREAPOCALÍPTICOS

Hubo un tiempo en el que las revistas de cómic florecían en los kioscos como en una maravillosa primavera perenne. Para un aficionado a los cómics como yo, pasear por la ciudad era como hacerlo por el Jardín del Edén, con aquellos árboles de la abundancia repletos de páginas con viñetas.

En aquella época yo estudiaba diseño gráfico. Como ocurría con muchos de mis compañeros, estaba allí de rebote porque era la carrera más parecida que habíamos encontrado a aprender los secretos del oficio comiquero. No me arrepiento para nada de haber estudiado diseño, durante muchos años viví de esa profesión y el tiempo que estuve allí aprendí además mucho sobre el mundo de los cómics. Las revistas de cómic circulaban por las aulas y por los bares sin cesar. *El Víbora*, *Cimoc*, *1984*, *Totem*, *Creepy*, *Cairo*... El cómic en los ochenta era una eclosión de nuevos temas y nuevos autores, y todo aquello se publicaba en las revistas. Era un buen momento para ser lector de cómics. Y por supuesto, también para ser autor.

Nuestro sueño era publicar junto a nuestros ídolos en un futuro cercano. Es por eso que todos llevábamos en nuestras carpetas páginas inacabadas de algún proyecto, imitaciones del autor preferido de turno. Lo habitual era trabajar con esmero en la parte divertida del proceso. Hacíamos decenas de diseños de los personajes, en color, en blanco y negro, con pistola... Al mismo tiempo, sin ni tan siquiera tener un guion, te lanzabas a dibujar con esmero las páginas. Con el tiempo he aprendido que ser dibujante de cómics requiere de una gran disciplina, algo que normalmente no tiene un aficionado. Así que en nuestras páginas tan solo acabábamos las viñetas que nos apetecía hacer. Las más resultonas. Que yo sepa, ni mis compañeros ni yo llegamos a acabar jamás ningún proyecto. Abandonabas uno y te metías en otro con la misma ilusión de principiante.

Uno de los temas recurrentes en nuestros proyectos inconclusos era el del futuro postapocalíptico. El cine de ciencia ficción de los setenta se había especializado en esta temática en todas sus variedades, desde la maravillosa *El planeta de los simios* a la infumable *Soy leyenda*, penosa adaptación de la novela de **Richard Matheson**. El cómic de ciencia ficción de los ochenta había heredado esos futuros postapocalípticos y su pesimista visión del mundo. ***Mundo mutante*** de **Richard Corben** y **Jan Strnad**, *Ranxerox* de **Liberatore** y **Tamburini** o *Basura* de **Juan Giménez** son un buen ejemplo de ello. Pero sin duda nuestra serie favorita del futuro apocalíptico era ***Hombre***, y Ortiz nuestro autor predilecto. A **José Ortiz** lo copiábamos en nuestras páginas, bueno, al menos lo intentábamos. Era el canon del dibujo para historias postapocalípticas.

De ***Hombre*** nos maravillaba ese mundo deshumanizado, sombrío, salvaje como un *western* crepuscular. **Antonio Segura** había creado un mundo con esos diálogos contundentes en el que no había lugar para el amor ni la esperanza. Cuando **Hernán Migoya** me honró ofreciéndome escribir este prólogo (*), hablábamos precisamente de esto, de la amoralidad de la serie. Hernán me comentaba que era mucho más amoral y fatalista que la novela *La carretera*, de **Cormac McCarthy**, escrita 30 años después... y por supuesto que su adaptación cinematográfica. Estoy totalmente de acuerdo con él. ***Hombre*** solo puede surgir del genio de dos autores libres de los prejuicios anglosajones y de la libertad creativa que ofrece un medio como el cómic.

El dibujo de Ortiz era perfecto para dar vida a ese mundo pesimista y lleno de personajes deshumanizados y repletos de rabia. En esta recopilación, que va del año 81 al 84, se puede ver el fantástico manejo del blanco y negro que siempre ha tenido Ortiz. Esas composiciones a contraluz, cómo crea la profundidad en las escenas con manchas y líneas, cómo representa la soledad en la ciudad destartalada...

Hace unos años, me invitaron por primera vez al Festiva de Cómic de Lucca, el más importante de Italia. En una cena con aficionados de allí, pregunté qué autores de cómic españoles eran conocidos en Italia. Es mi pregunta recurrente cuando ya no sé de qué hablar. Me gusta saber qué escritores, cineastas o músicos patrios son conocidos fuera de nuestras fronteras. En cada país se conocen unos autores diferentes y siempre es curioso saber quiénes son, dice mucho de la cultura del lugar. Entre los autores de cómic españoles más conocidos en Italia están **Miguel Ángel Martín** y, cómo no, José Ortiz. Ortiz no es conocido en el mercado italiano por sus trabajos para el nuestro, que también, los lectores lo conocen por el magnífico trabajo que hizo en la serie *Tex*. No sé por qué envidiar más a Ortiz, si por la calidad de su trabajo o por su longeva carrera.

Releyendo este recopilatorio, me he dado cuenta de que ***Hombre*** se ha convertido en un clásico. La serie ha envejecido muy bien, la trama me sigue enganchando como lo hacía cuando lo leía siendo un estudiante y el dibujo por su lado mantiene toda su fuerza y contundencia. Pero lo que más me ha sorprendido en esta relectura es que ***Hombre*** es más actual que nunca. La serie comienza con una frase que nos es demasiado familiar en estos tiempos. "Los políticos prometieron que la crisis sería superada en breve con el sacrificio común." Tras esta mentira de los políticos incompetentes, el mundo se hunde y surge entonces la rabia ciudadana. ¡Ha llegado el Apocalipsis!

En la actualidad, los cómics ya no florecen en los kioscos, pero su semilla ha brotado en las librerías especializadas y generalistas. Nuevos formatos y nuevos lectores. Y el personaje de ***Hombre***, el más nihilista y autodestructivo de los personajes de ficción, el personaje que haría parecer simples *boy scouts* a los miembros de *Grupo salvaje* de **Peckinpah**, ha regresado para remover las vísceras de esos nuevos lectores y para alzarse con la voz de la rabia social en estos tiempos apocalípticos.

Paco Roca
Febrero 2013

(*)Texto redactado originalmente como prólogo para la edición de ***Hombre*** publicada por EDT en 2013.

HOMBRE
en *K.O. Comics*

HOMBRE
EL MEJOR MUNDO POSIBLE

FUE COMO SI DE PRONTO **ALGUIEN** HUBIESE DECIDIDO CANCELAR EL EXPERIMENTO DEL QUE LA HUMANIDAD FORMÁBAMOS PARTE.

EN EL AÑO 1988, LOS ESTADOS UNIDOS DE NORTEAMÉRICA HABÍAN LLEVADO SU BANDERA HASTA MARTE EN UN VUELO TRIPULADO, MIENTRAS QUE EN LA LUNA, SE DESARROLLABAN LENTAMENTE LAS CIUDADES SUBTERRÁNEAS DE LENIN Y LUNA-YORK.

AQUELLOS ERAN MOTIVOS SUFICIENTES PARA SENTIRSE ORGULLOSOS DE PERTENECER A LA RAZA HUMANA. PERO LOS MILES DE ANÓNIMOS INDIVIDUOS QUE MORÍAN DIARIAMENTE DE INANICIÓN EN LOS PAÍSES DEL **TERCER MUNDO**, AISLADOS EN SU POBREZA, NO PODÍAN COMPARTIR AQUEL ENTUSIASMO.

TODOS ÉRAMOS CONSCIENTES DE QUE SE ESTABA PRODUCIENDO UNA CARENCIA ACELERADA DE MATERIAS ENERGÉTICAS QUE LA ALTA TECNOLOGÍA, EN LA CUAL SE HABÍA CONFIADO CIEGAMENTE PARA SUSTITUIRLAS, NO LOGRABA ELABORAR.

EN 1989 ESTALLA LA **SEXTA GUERRA EN ORIENTE MEDIO** Y EL SUMINISTRO DE PETRÓLEO A EUROPA QUEDA DEFINITIVAMENTE CORTADO. PARÍS DEJA DE SER PARA SIEMPRE LA CIUDAD DE LA LUZ. LONDRES QUEDA ANIQUILADO POR LOS ENFRENTAMIENTOS ENTRE LA CLASE OBRERA Y EL EJÉRCITO; NADIE QUIERE MORIR DE HAMBRE EN UNA CIUDAD DONDE LOS ALIMENTOS SON SEVERAMENTE RACIONADOS Y EL EJÉRCITO HA RECIBIDO ÓRDENES DE EVITAR A TODA COSTA QUE LA POBLACIÓN URBANA INVADA EL CAMPO SAQUEANDO LAS ZONAS AGRÍCOLAS.

SE PROHÍBE LA CIRCULACIÓN DE VEHÍCULOS PRIVADOS. TODA LA GASOLINA ES REQUISADA POR EL ESTADO.
EN LA INDIA, SE PRODUCE LA PRIMERA REBELIÓN DEL HAMBRE; LA PRENSA OCCIDENTAL ENMUDECE, TODAS LAS NOTICIAS SON CENSURADAS. EN EL JAPÓN AUMENTA ALARMANTEMENTE EL ÍNDICE DE RADIOACTIVIDAD Y ACUSAN A LAS SUPERPOTENCIAS DE HABER FIRMADO UN PACTO SECRETO POR EL CUAL LAS POBLACIONES MÁS IMPORTANTES DE LA INDIA HAN SIDO BOMBARDEADAS CON MISILES TÁCTICOS.
EN ESPAÑA, ANTE LA NEGATIVA DE LOS ESTADOS UNIDOS A SEGUIR SUMINISTRÁNDOLE EL URANIO QUE ALIMENTA LA RED DE CENTRALES NUCLEARES QUE PRODUCEN EL 80% DE LA ENERGÍA, SE PRODUCE UN CAOS QUE PARALIZA TODO EL PAÍS.
NORTEAMÉRICA SE ESTÁ REPLEGANDO SOBRE SÍ MISMA COMO UN GIGANTE HERIDO, ABANDONANDO SUS ZONAS DE INFLUENCIA.
EN ITALIA SE PRODUCE UN GOLPE DE ESTADO QUE PONE AL FRENTE DEL GOBIERNO A LA MAFIA SICILIANA.
EN 1990, UN VIRUS MUTADO DE LA GRIPE SE EXTIENDE POR TODO EL MUNDO. UN MUNDO DONDE LAS GRANDES CIUDADES SE ESTÁN CONVIRTIENDO EN GUETOS DE MISERIA.
FUE COMO SI ALGUIEN HUBIESE DECIDIDO EL FIN DE LA HUMANIDAD. Y LAS PIEZAS FUERAN CAYENDO, GOLPEÁNDOSE LAS UNAS A LAS OTRAS, HASTA DERRIBAR COMPLETAMENTE ALGO QUE LLAMÁBAMOS...
CIVILIZACIÓN.

VEINTE AÑOS DESPUÉS, UN NUEVO TIPO DE SER HUMANO SE MOVÍA ENTRE LAS RUINAS DE LAS CIUDADES, VIVIENDO DE SUS DESPOJOS.
POULTRY MARKET
ERAN LOS MÁS FUERTES, LOS MÁS ASTUTOS, LOS SUPERVIVIENTES DE UNA SELECCIÓN BRUTAL.
ESTA ES LA HISTORIA DE UNO DE ELLOS, DE HOMBRE.

CADA BARRIO DE LA CIUDAD ESTABA CONTROLADO POR BANDAS QUE IMPONÍAN SUS PROPIAS LEYES A QUIENES SE ATREVÍAN A MOVERSE POR SUS DOMINIOS.

EL PRECIO POR NO SER MOLESTADOS ERA ENTREGAR PARTE DE LA MERCANCÍA QUE SE TRANSPORTABA ... O PELEAR POR ELLA.

LA CARGA QUE LLEVAMOS NO PUEDE INTERESARLE A NADIE, A NO SER QUE ESTÉ LOCO... ASÍ QUE SERÁ MEJOR QUE NOS DEJÉIS EN PAZ.
¿HABÉIS OÍDO?... ES COMO UNA ADIVINANZA... LLEVAN ALGO, PERO NO NOS INTERESA... ¡JA, JA, JA!... CREO QUE SI NO LEVANTO ESA LONA Y PEGO UN VISTAZO, VOY A REVENTAR DE CURIOSIDAD.
SI ES ESO LO QUE DESEAS, PUEDO AYUDARTE... SÓLO HACE FALTA QUE ME PIDAS QUE APRIETE EL GATILLO.
¡CÁLMATE, HIJO... Y VOSOTROS TAMBIÉN!

OS PUEDO JURAR QUE LA MERCANCÍA QUE LLEVAMOS NO ES NADA AGRADABLE DE VER, SOBRE TODO SI TENÉIS LOS ESTÓMAGOS DELICADOS Y AÚN QUEDA UN POCO DE SENSIBILIDAD EN VUESTROS CORAZONES.
LOS DOS TIPOS CRUZARON UNA MIRADA DE INTELIGENCIA Y HOMBRE COMPRENDIÓ QUE NINGUNA ESCOPETA LES IBA A IMPEDIR METER LAS NARICES BAJO LA LONA.
NO GASTES SALIVA, VIEJO, LOS SEÑORES ESTÁN OBSESIONADOS CON COMPLICARSE LA EXISTENCIA Y SON DEMASIADOS PARA ASUSTARLES A TIROS.
POR MÍ, PODÉIS QUEDAROS CON LA CARGA . . . QUE OS APROVECHE.

¡DÉJAME ...ERES UN MANAZAS!
¡CÁLLATE Y HAZME SITIO!

NO HACE FALTA QUE OS PELEÉIS... HAY PARA TODOS.

MURIERON ESTA NOCHE Y SU FAMILIA NOS ENCARGÓ EL ENTIERRO... NO NOS IMPORTA HACER ESTOS SERVICIOS A CAMBIO DE UN POCO DE COMIDA PORQUE... YA ESTAMOS CONTAGIADOS.
¡ATRÁS TODOS!
¡LA PESTE... LLEVAN APESTADOS!
¡¡LA PESTE!!

DURANTE AÑOS, LAS RATAS HABÍAN SIDO OBLIGADAS A VIVIR AL COBIJO DE LAS ALCANTARILLAS. CUANDO LA CIUDAD SE CONVIRTIÓ EN UN INMENSO BASURERO Y LA ÚNICA PREOCUPACIÓN DE SUS HABITANTES ERA SOBREVIVIR AL CAOS, LAS RATAS SE REPRODUJERON SIN CONTROL INVADIENDO LAS CALLES, EMPONZOÑANDO LOS ALIMENTOS ALMACENADOS EN LOS DEPÓSITOS, CONTAMINANDO EL AGUA, ATRAYENDO CON ELLAS LA PLAGA DE LA PESTE.

¡AYUDADME A ABRIR LA PUERTA, YA ESTÁN AQUÍ HOMBRE Y EL VIEJO!
¡JA, JA, JA! ¡ME HUBIESE GUSTADO VERLES LAS CARAS CUANDO DESCUBRIERON A LOS MUERTOS! DIME, ¿DE DÓNDE LOS SACASTE?
¿LOS CADÁVERES?... NO HACE FALTA BUSCAR MUCHO, ENTRAS EN CUALQUIER FINCA Y SÓLO TIENES QUE ELEGIR.
OS REPITO QUE NO ESTÁN APESTADOS. HOMBRE LES PINTÓ LAS MANCHAS... VAMOS, NO PERDÁIS MÁS TIEMPO, SACADLOS DEL CARRO Y LEVANTAD LAS TABLAS, EN EL DOBLE FONDO TRAEMOS CINCO SACOS DE TRIGO.

LAS RATAS VAN A PONERSE MORADAS DE TANTA CARNE.
¡MALDITA SEA! ¡ME HA LLENADO DE PORQUERÍA LAS MANOS! ¡AGGGGG!
¡A VER SI LOS ELIGES MÁS LIMPIOS LA PRÓXIMA VEZ... ESTOS SE CAEN A TROZOS!

¡AAH!
PERO ¿QUÉ TE PASA? ¿ES QUE ES TU PADRE O QUÉ?... AUNQUE LO SEA, NO VA A DOLERLE LA PATADA.
NADIE TE HA ORDENADO QUE LOS TIRES AL POZO... AÚN TENGO QUE HACER OTRO VIAJE Y LOS NECESITARÉ.
¡Y NO ME APETECE PERDER TODA LA TARDE BUSCANDO OTROS!
NUNCA TERMINARÉ DE COMPRENDERLE, PUEDE PORTARSE COMO EL MAYOR DE LOS CERDOS Y ACTO SEGUIDO EMPEZAR A LLORAR PORQUE ESTÁ AMANECIENDO... SOSPECHO QUE ESTÁ UN POCO CHIFLADO.
A TI PUEDO CONTÁRTELO... ERES DE LOS QUE SABEN GUARDAR UN SECRETO... ¡JE, JE, JE, JE!

HOMBRE
EL MEJOR MUNDO POSIBLE
II EPISODIO
EL GRANO ES DE PRIMERA CALIDAD. SI NO INTENTÁIS ROBARME DEMASIADO EN EL TRATO, ME QUEDARÉ LOS CINCO SACOS.
LO QUE TÚ MANDES... JA, JA, JA... YA SABES QUE NUESTRA MÁXIMA ILUSIÓN ES JUGARNOS LA VIDA ATRAVESANDO LAS LÍNEAS DEL EJÉRCITO PARA VENIR A BESARTE EL TRASERO ... Y DE PASO REGALARTE LA MERCANCÍA...¡JA, JA, JA...!
EL VIEJO NO EXAGERA. CADA DÍA ES MÁS DIFÍCIL BURLAR A LAS TROPAS QUE RODEAN LA CIUDAD. TIENEN ORDEN DE DISPARAR A QUIEN INTENTA ENTRAR O SALIR DE ELLA... Y PUEDES CREER QUE DISFRUTAN HACIÉNDOLO.
Y ESO NO ES TODO, LOS CAMPESINOS SABEN DE SOBRA LO MUCHO QUE NECESITÁIS LA COMIDA Y APRIETAN LOS TORNILLOS HASTA EL FONDO... RESUMIENDO, LA CARGA TE COSTARÁ EL TRIPLE QUE LA ÚLTIMA VEZ.
JOSÉ ORTIZ
A. SEGURA.

¿SIEMPRE SE ENROLLAN TANTO?
TODO ES PURO TEATRO. YA VERÁS COMO AL FINAL EL JEFE TERMINA TRAGANDO CON ESE PRECIO QUE PIDE **HOMBRE** ...ES DE LOS POCOS QUE SE ATREVEN A SALIR AL CAMPO EN BUSCA DE COMIDA.
MIRA A VER QUIÉN ES.
¡POM! ¡POM!
¿QUÉ ES LO QUE QUIERES?
ME HAN DICHO QUE TENÉIS LECHE EN POLVO, LA NECESITO PARA ALIMENTAR A MI NIETO... OS DARÍA A CAMBIO ESTA GARRAFA DE VINO Y UNA PULSERA DE ORO... ES TODO LO QUE TENGO.
VALE, EMPUJA... VAMOS A VER LO QUE NOS TRAE LA VIEJA.
ALGUNOS CHINCHES AGARRADOS AL TRASERO, SEGURO.

¿DÓNDE DIABLOS SE HA METIDO TU ABUELA?
¡¡ESPERA!! ... NO DISP...
¡BOUM!
¡BOUM!
¡TODOS ADENTRO! ¡¡RÁPIDO!!

LLEGÓ UN DÍA EN QUE LAS **ANTIGUAS LEYES** DEJARON DE TENER SENTIDO Y LA CIUDAD SE CONVIRTIÓ EN UNA JUNGLA, DONDE CADA UNO DE SUS MORADORES TUVO QUE ELEGIR SU PROPIO DESTINO COMO VÍCTIMA O VERDUGO.

ALGUNOS, COMO **HOMBRE**, DECIDIERON IMITAR AL TIGRE Y, COMO ÉL, APRENDIERON A CAZAR EN SOLITARIO, PREOCUPADOS TAN SÓLO POR SU PROPIA SUPERVIVENCIA.

¡BANG!
¡BANG!
¡BANG!
¡BANG!
¡BANG!

VOSOTROS... ¡¡RODEAD EL EDIFICIO!! ¡¡CUBRID TODAS LAS SALIDAS!!
¿Y AHORA QUÉ?
HAY QUE GANAR TIEMPO. ESOS BUITRES SÓLO BUSCAN SAQUEARME EL ALMACÉN... SI LES PLANTAMOS CARA SIN ACOBARDARNOS, TERMINARÁN DEJÁNDONOS EN PAZ.
¡¡Y UN CUERNO!! LOS HAS SANGRADO DURANTE DEMASIADO TIEMPO VIVIENDO COMO UN POTENTADO A SU COSTA, ACOSTÁNDOTE CON SUS HIJAS A CAMBIO DE UN PUÑADO DE LENTEJAS AGUSANADAS... APROVECHÁNDOTE DE SU INCAPACIDAD PARA SER TAN BRUTALES COMO TÚ... Y VIENEN A COBRARSE TANTA HUMILLACIÓN...
¡BANG!
¡BANG!
BAMMM
¡BANG!
Y LAS NUESTRAS DE REGALO.

¡CRAG!
¡PRAS!
¡BANG!
¡CRAS!
¡BANG!
DÉJAME... ES INÚTIL... ME SIENTO MORIR.
TODO ESTÁ TERMINANDO Y ME ALEGRO... LO QUE ME ESPERE NO PUEDE SER PEOR QUE ESTE INFIERNO... NO PIERDAS EL TIEMPO CONMIGO, BUSCA CÓMO SALIR DE ESTA RATONERA.
¡BANG!

LOS POLÍTICOS PROMETIERON QUE LA CRISIS SERÍA SUPERADA EN BREVE CON EL SACRIFICIO COMÚN. NOS DIJERON: "ES NECESARIO CERRAR LA CIUDAD. NADIE PODRÁ ABANDONARLA SIN UN SALVOCONDUCTO. NO PODEMOS PERMITIR QUE SUS HABITANTES SALGAN AL CAMPO SIN CONTROL, ARRASANDO LAS ZONAS AGRÍCOLAS DE LAS QUE DEPENDEMOS PARA SOBREVIVIR". Y EL EJÉRCITO RODEÓ LA CIUDAD CON ALAMBRADAS Y CAMPOS DE MINAS MIENTRAS LOS POLÍTICOS LA ABANDONABAN EN SILENCIO, OBLIGADOS, CLARO ESTÁ, POR SUS TAREAS DE GOBIERNO.
"LA CIUDAD ES FUERTE, RESISTIRÁ", NOS DIJIMOS CONFIADOS. "NOS HAN PROMETIDO ALIMENTOS Y PROTECCIÓN SANITARIA, NADA PUEDE OCURRIRNOS. EL GOBIERNO NO PERMITIRÁ QUE LA CIUDAD SUFRA NINGÚN DAÑO".
Y LLEGÓ EL RACIONAMIENTO MIENTRAS LAS BASURAS SE AMONTONABAN EN LAS ESQUINAS... Y DESCUBRIMOS ATERRADOS LA SENSACIÓN DEL HAMBRE GOLPEANDO NUESTROS ESTÓMAGOS A LA VEZ QUE LOS PRIMEROS LADRILLOS SE DESPRENDÍAN DE UNA FACHADA Y EL AGUA DE LAS LLUVIAS ATASCABA LAS CLOACAS INICIANDO LA LENTA DESTRUCCIÓN DE LA CIUDAD.

PODEMOS SALTAR AL EDIFICIO DE ENFRENTE, ES LA ÚNICA SALIDA POSIBLE.
¿Y EL VIEJO? ... ¿QUÉ PASA CON ÉL?
OLVÍDALE, YA HA TOMADO SU PROPIA DECISIÓN.
DEMASIADO ARRIESGADO, PREFIERO HACERLES FRENTE A BALAZOS Y ESPERAR QUE SE CANSEN.
¡¡HOMBRE!!
ES INÚTIL ... EL FUEGO VIENE DE ABAJO...
¿A QUÉ ESPERÁIS PARA SALIR?... OS PROMETO UNA MUERTE RÁPIDA, BASTARDOS... ¡UN PUÑADO DE BALAS EN EL ESTÓMAGO!

VOY A INTENTAR-LO.
¡NO QUIERO MORIR ASÍ! ¡TE LO SUPLICO!... ¡AYÚDA-ME! ¡NO QUIERO MO-RIR ABRASADO!...
¡ESPERA!
HAZME ESE ÚLTIMO FAVOR... AMIGO.

¡BANG!
¡¡¡AAAHHHG...!
...HHAAAGG....!
¡TOOUUNGG....!

VOLVERÉ A FORMAR UN GRUPO ... ESOS TÍOS TIENEN QUE PAGÁRMELA.
¡ME HAN HUNDIDO EL NEGOCIO!
¿PUEDO CONTAR CONTIGO? DESPUÉS DE TODO, TE DEBEN LA MUERTE DEL VIEJO.
NO TE PASES DE LISTO. SI TE ECHO UNA MANO EN EL ASUNTO, SERÁ PORQUE NO PERMITO QUE NINGÚN MAMÓN ME LA JUEGUE QUEDÁNDOSE CON MI CABALLO.
A NADIE LE IMPORTA LA MUERTE DE UN VIEJO EN ESTA CIUDAD.
JOSÉ ORTIZ
© ANTONIO SEGURA.

HOMBRE
EL MEJOR MUNDO POSIBLE
III EPISODIO
ESTE ES MI PLAN... VAMOS A IR AL BARRIO OESTE, ALLÍ TENGO UN SÓTANO LLENO DE ARMAS, LAS SUFICIENTES PARA ARMAR A VEINTE HOMBRES Y HACÉRSELO PAGAR CARO A ESOS CERDOS.
POR MI SANTA MADRE QUE SE ARREPENTIRÁN DE HABER METIDO LOS HOCICOS EN MI HONRADO NEGOCIO.
DEJA EN PAZ A TU MADRE Y ESCUCHA ATENTAMENTE, ESPECIE DE BESTIA.
ESTÁS SOÑANDO DESPIERTO... ESOS TIPOS NO VAN A ESPERARNOS SENTADOS. SI NO ACTUAMOS CON RAPIDEZ, VOLARÁN CON LAS MERCANCÍAS A SU NIDO... Y ESO INCLUYE TAMBIÉN A MI CABALLO.
HAY QUE GANARLES LA PARTIDA SIN AYUDA DE NADIE ANTES DE QUE DESAPAREZCAN... Y ME GUSTARÍA SABER CÓMO.
25

¡¡ ESPERA!!
EH... ¿QUÉ OCURRE?
IMPOSIBLE PASAR... ESTÁN VACIANDO EL ALMACÉN Y NO CREO QUE LES ALEGRE VERNOS VIVOS... ES MEJOR QUE SIGAN CREYENDO QUE NOS LIQUIDARON CON EL INCENDIO.
EL DINERO PERDIÓ SU PODER, EL ORO Y LOS DIAMANTES FUERON OLVIDADOS, LOS LUJOSOS COCHES SE CONVIRTIERON EN CHATARRA OXIDADA... YA NADIE LUCHABA POR SU POSESIÓN.
ERAN LAS ARMAS DE CUALQUIER TIPO, CONSERVAS, MANTAS Y ROPA, MEDICINAS, GAFAS, ANIMALES DE TIRO, LOS NUEVOS TESOROS QUE LA GENTE DE LA CIUDAD ANSIABA POSEER.

PERO ¿ES QUE ESTÁIS SORDOS?... OS HE ORDENADO QUE SALGÁIS... EL TECHO PUEDE CAERSE EN CUALQUIER MOMENTO.
TRANQUILA, GATA, LO TENEMOS TODO CONTROLADO... UNOS VIAJES MÁS Y SE PUEDE HUNDIR EL MUNDO ENTERO.
¿DÓNDE DEJO LAS LATAS?
¿Y A MÍ QUÉ ME DICES?... HE PERDIDO LA CUENTA ... VER TANTA COMIDA JUNTA ME TIENE ALUCINADA.
VOSOTROS EMPEZAD A MIRAR SI EL REPARTO ES CORRECTO ... TIENEN QUE SER PARTES IGUALES PARA LOS DOS GRUPOS.
CON LOS ANIMALES NO HAY NINGÚN PROBLEMA ... LA MULA SARNOSA PARA LA GENTE DEL SANTÓN Y EL POTRILLO TIERNO PARA NOSOTROS... JA JA JA.
27

¿QUÉ TE PARECE MI IDEA, SANTÓN?... CRÉEME, ERES DEMASIADO VIEJO PARA MONTAR A ESTA FIERA.
NADA DE ESO, HERMANO.
HICIMOS UN TRATO, GUIAROS HASTA EL ALMACÉN A CAMBIO DEL CABALLO Y LA MITAD DEL BOTÍN, HEMOS CUMPLIDO NUESTRA PARTE...
Y ESTOY DISPUESTO A MATAR A QUIEN DISCUTA LO QUE ME PERTENECE.
PARA EL DRAMA, SANTÓN... SÓLO ERA UNA BROMA...
ASÍ QUE NO TE PONGAS HISTÉRICO... VOY A RESPETAR EL TRATO... CÁLMATE. VALE... COGED LOS MACHETES, VAMOS A TROCEAR LA MULA.
28

TIENES SUERTE, HOMBRE. EL TIPO PARECE ENCARIÑADO CON TU CABALLO, IGUAL HASTA LLEGA A VIEJO... O TAL VEZ SÓLO LO ESTÁ GUARDANDO PARA EL INVIERNO, YA SABES, RICAS CHULETAS A LA BRASA.
AYÚDAME A SUBIR A LA VENTANA... SON DOS BANDAS, ES DIFÍCIL QUE SE CONOZCAN ENTRE ELLOS Y ESO NOS DA UNA OPORTUNIDAD.
MEJOR LO DEJAS CORRER. SI TE RECONOCEN, VAS A PASARLO MAL. LO QUE LE ESTÁN HACIENDO A LA MULA PARECERÁ UNA CARICIA COMPARADO CON LO QUE TE HARÁN.
IIIIIIIIIIIIIIIIIIIIIHH...!
IIIIIIIIIIIIIIIIHH...

QUEDAS AVISADO... SI TE OIGO CHILLAR, ME LIMITARÉ A TAPARME LOS OÍDOS... NO ESPERES QUE ARRIESGUE LA VIDA POR SALVARTE SI TE COGEN...
CIERRA EL PICO Y EMPUJA.
¡¡EHH!!... ¿A QUÉ ESTÁS JUGANDO?
OYE, ESPERA... NO TIENEN POR QUÉ ENTERARSE... TOMA, ESTA PARA TI... Y OLVIDA QUE ME HAS VISTO.
ESO MISMO IBA A PREGUNTARTE... QUEDÓ BIEN CLARO QUE QUIEN TOCASE ALGO ANTES DEL REPARTO LO PAGARÍA CARO.
COCIDO MADRILEÑO
30

JOSÉ ORTIZ
ASÍ, AMIGO... CIERRA LOS OJOS Y OLVIDA QUE ME HAS VISTO.
31

COF... COF... COF... COF...

COF...COF... COF...COF COF...
A BUENA HORA APARECES, TU GENTE ESTÁ A PUNTO DE LARGARSE.
¿SABES HACER NUDOS?... MALDITA SEA, NO CONSIGO ATAR EL FARDO.

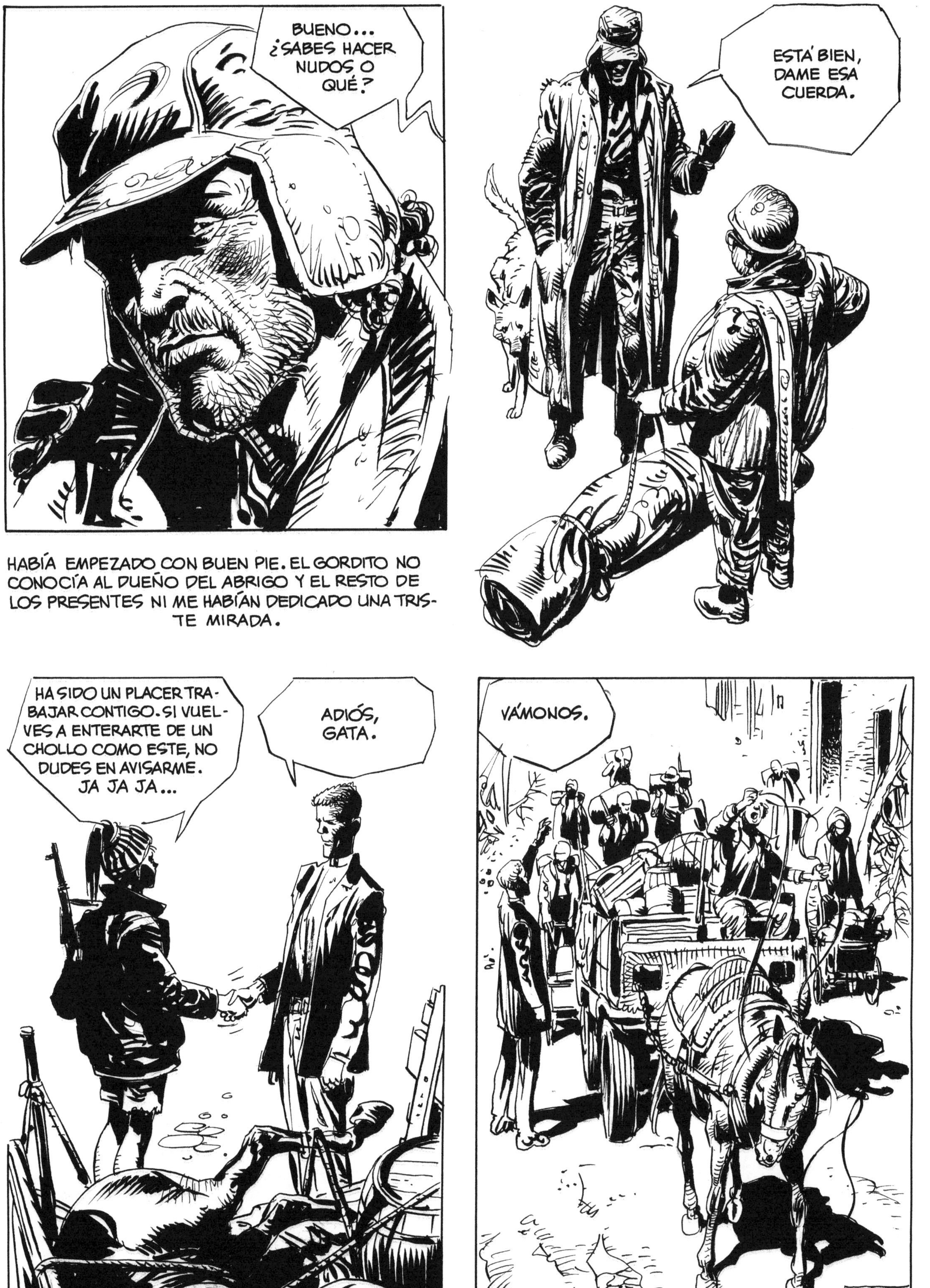
BUENO... ¿SABES HACER NUDOS O QUÉ?
ESTÁ BIEN, DAME ESA CUERDA.
HABÍA EMPEZADO CON BUEN PIE. EL GORDITO NO CONOCÍA AL DUEÑO DEL ABRIGO Y EL RESTO DE LOS PRESENTES NI ME HABÍAN DEDICADO UNA TRISTE MIRADA.
HA SIDO UN PLACER TRABAJAR CONTIGO. SI VUELVES A ENTERARTE DE UN CHOLLO COMO ESTE, NO DUDES EN AVISARME. JA JA JA...
ADIÓS, GATA.
VÁMONOS.
33

DEJÉ CAER LA PREGUNTA LO MÁS INGENUAMENTE QUE PUDE, CONFIANDO EN DESPERTAR LA CURIOSIDAD DEL GORDITO. SI PICABA, EL SANTÓN IBA A TENER PROBLEMAS Y ESO ERA PRECISAMENTE LO QUE YO BUSCABA... QUE AQUELLA FIESTA TERMINASE MAL.
¿CUÁNTAS CAJAS DE ANTIBIÓTICOS OS HAN TOCADO EN EL REPARTO?
¿DE QUÉ ESTÁS HABLANDO?
NO TE PASES DE LISTO CONMIGO... HABÍA SIETE EN EL ALMACÉN, DE ESAS QUE NO CADUCAN... CUANDO SE LAS DI AL SANTÓN SE PUSO A BAILAR DE ALEGRÍA.
EL MUY CABRITO.
¡¡GATA!! ... ¡¡NOS LA HAN JUGADO!!
DEJAD LAS MOCHILAS EN EL SUELO Y SEGUIDME... VAMOS A VER QUÉ NOS CUENTA EL SANTÓN DEL ASUNTO.
34

¡¡SANTÓN!! ...¡¡ESPERA UN MOMENTO!!
¿QUÉ ES LO QUE BUSCAS AHORA?
POCA COSA... QUE DESCARGUES EL CARRO ANTES DE QUE ORDENE QUE OS ASEN A TIROS... *ERES UN MAL BICHO*... TANTO HABLAR DE RESPETAR EL TRATO Y GUARDAS PARA TI LOS FRASCOS ...
NO SÉ DE QUÉ ME ESTÁS...
¡¡YO SÍ!!... ¡¡POR ESO QUIERO VER LO QUE LLEVAS!!
NO HACE FALTA QUE ME AMENACES... REGISTRA LA CARGA... NADIE VA A IMPEDÍRTELO.
35

¡¡CUIDADO!!
BAM
¡BAM!
¡BANG!
¡BAM!
¡¡MATADLOS!! ...¡¡MATADLOS A TODOS!!...
36

BAM
TA-TA-TA-TA-TA
¡BANG!
BAM
AQUELLA ERA UNA LECCIÓN QUE TENÍA BIEN APRENDIDA. SI ALGUNA VEZ TE VES ENVUELTO EN UN TIROTEO, TÍRATE AL SUELO Y HAZTE EL MUERTO...
NADIE DESPERDICIA UNA BALA CON UN CADÁVER.
37

Y ASÍ ME HUBIESE QUEDADO UNA LARGA TEMPORADA, PEGADO AL SUELO, SIN RESPIRAR... PERO EL SANTÓN TENÍA OTRA IDEA, Y NO PODÍA PERMITIRLE QUE DESAPARECIESE CON MI CABALLO.
TUVE QUE MORDERME LOS LABIOS PARA NO EMPEZAR A REÍR. DE NIÑO LE HABÍA PROMETIDO A MI PADRE QUE NUNCA VIAJARÍA SIN PAGAR EL BILLETE... ASÍ QUE TENDRÍA QUE HABLAR CON EL SANTÓN Y PREGUNTARLE CUÁL ERA EL PRECIO POR EL PASEO... UNA PROMESA ES UNA PROMESA.
YA LO SÉ... SOY UN MALNACIDO.
38

HOMBRE
EL MEJOR MUNDO POSIBLE
IV EPISODIO
TENDRÍAN QUE PASAR AÚN MUCHOS AÑOS PARA QUE EL BOSQUE CONQUISTARA LA CIUDAD. PARA QUE SE DESPLOMASE EN CASCOTES EL ÚLTIMO DE LOS RASCACIELOS. LOS ÁRBOLES DE LOS JARDINES, DE LAS PLAZAS Y AVENIDAS, CRECIENDO LIBREMENTE LO SABÍAN Y HORADABAN EN SILENCIO CON SUS RAÍCES LA DÉBIL CAPA DE ASFALTO, ACELERANDO LA DEMOLICIÓN.
AÚN TENDRÍAN QUE PASAR MUCHOS AÑOS PARA QUE LA NATURALEZA BORRASE LAS HUELLAS DE LOS HOMBRES, Y HASTA ENTONCES, LAS PALOMAS SEGUIRÍAN BEBIENDO EN LAS AGUAS ESTANCADAS DE LAS FUENTES, POSÁNDOSE SOBRE LAS FIGURAS DE BRONCE DE LAS ESTATUAS, ESPERANDO PACIENTEMENTE LA DESAPARICIÓN DE LOS HUMANOS.
¡¡YAAAAAAAAAAHHHHHH...aaaa!!
Y CUANDO ELLO OCURRIESE, LA TIERRA SERÍA DE NUEVO EL PARAÍSO PERDIDO.

¡¡YAAAAHHH...!!

HOLA, SANTÓN... ¿VAS MUY LEJOS?

CLANG

¡BANG!
¡¡UG!!
¡CROOK!

EL SANTÓN... TENÍA QUE REMATARLE ANTES DE PREOCUPARME POR MIS PROPIOS HUESOS.
¡¿?!
EL BASTARDO SE HABÍA FUNDIDO EN EL AIRE, LLEVÁNDOSE COMO RECUERDO EN LA ESPALDA UNA BALA CAPAZ DE PERFORAR UNA PLANCHA DE ACERO... EMPECÉ A PREGUNTARME CUÁNTOS PASOS PODRÍA DAR ANTES DE CAERSE FRÍO... Y SI VALÍA LA PENA ASEGURARME DE QUE YA NO IBA A CREARME NINGÚN PROBLEMA.

¡TURN!
¡CLING!
TUUING...!!
ACABABA DE AHORRARME UN PASEO. ESTABA VIVO Y NO LE TEMBLABA EL PULSO PRECISAMENTE... A MÍ SÍ... ODIO QUE ME DISPAREN.
TAP... TAP... TAP...

¡BANG!
¡BANG!
¡BANG!
¡BANG!
AQUEL ERA EL TRUCO MÁS VIEJO DEL UNIVERSO, PERO DE VEZ EN CUANDO AÚN DABA RESULTADO.
ASÍ QUE RETUVE EL ALIENTO AGUZANDO EL OÍDO HASTA QUE PUDE CONTAR LOS PASOS DE LAS HORMIGAS...
POR UN INSTANTE LAS ENVIDIÉ, PARA ELLAS NADA HABÍA CAMBIADO, NADIE LES HABÍA ROBADO SU FUTURO PARA CONVERTIRLAS EN UNA BESTIA AGAZAPADA DETRÁS DE UN COCHE ANSIANDO LLENAR DE PLOMO A OTRO DESGRACIADO.

¡¡EH, TÚ!!... ¿ESPERAS DE VERDAD QUE ME DEJE CAZAR CON UN TRUCO TAN VIEJO?...
NINGUNA DE MIS BALAS TE HA TOCADO.
PERDONE EL SEÑOR... NO SE ME OCURRIÓ OTRO MEJOR... ESPERO QUE EL PRÓXIMO LE AGRADE MÁS AL SEÑOR.
DECIDÍ TERMINAR CON LA COMEDIA. AQUELLA SITUACIÓN ESTABA EMPEZANDO A HARTARME... ¿POR QUÉ NO SE LARGABA DE UNA PUÑETERA VEZ?... ¿QUÉ ES LO QUE BUSCABA?... ¿UNA MEDALLA AL VALOR?
LO DUDO... NO HABRÁ OTRA OPORTUNIDAD... ESPERARÉ A QUE SEA DE NOCHE Y SALDRÉ A POR TI... VAS A MORIR... AUNQUE TENGA QUE ESPERAR MIL HORAS... TERMINARÉ CONTIGO...
¡JA JA JA! ESO ES LO MALO, DE NIÑOS VIMOS DEMASIADAS PELÍCULAS DE INDIOS Y VAQUEROS Y SE NOS QUEDÓ EL ARGOT... NO ME ASUSTAS, SANTÓN... ¿Y SABES POR QUÉ?
PORQUE YO SOY EL BUENO DE ESTA PELÍCULA ... SERÉ YO QUIEN ESPERARÁ QUE LLEGUE LA NOCHE PARA IR A BUSCARTE.
POR CIERTO... ¿TE DUELE MUCHO LA HERIDA?... SEGURO QUE ESTÁS PERDIENDO SANGRE COMO UN CORDERO DEGOLLADO... Y ESO DA SUEÑO... MUCHO SUEÑO.
TAP
TAP
TAP

ESCUCHA, SANTÓN, LOS DOS HEMOS DEMOSTRADO LO **DUROS** QUE SOMOS... TE PROPONGO UN ARREGLO... PARTIRNOS LA MERCANCÍA EN PAZ Y OLVIDAR EL RESTO... ¿QUÉ TE PARECE? ...UN TRATO CIVILIZADO, COMO EN LOS VIEJOS TIEMPOS.
EL CABALLO... QUIERO SOLAMENTE EL CABALLO... LO DEMÁS PUEDES QUEDÁRTELO.
IMPOSIBLE... PUEDO PASAR DE MUCHAS COSAS, PERO APRECIO A ESE ANIMAL... MIENTRAS VIVA, NO TERMINARÁ TROCEADO ENCIMA DE UNA PARRILLA... OLVÍDATE DE ÉL.
¡¡HIJO DE SATANÁS!! ...ESE CABALLO ME PERTENECE... HE SIDO ELEGIDO POR DIOS PARA CUMPLIR UN DESTINO ÚNICO QUE NO PUEDES COMPRENDER.
Y NINGÚN PONZOÑOSO PECADOR PODRÁ DETENERME, PUES SOY LA MANO DEL SEÑOR... ¡¡TE MATARÉ Y SERÁ MÍO!!

JOSÉ ORTIZ
HABÍAMOS LLEGADO AL FINAL DEL CAMINO. SE PUEDE TUMBAR FÁCILMENTE A UN DESESPERADO QUE TE SALTA AL CUELLO ENLOQUECIDO POR EL HAMBRE. EL PEOR ASESINO NO AGUANTA DE PIE MÁS DE DOS BALAS... PERO NADA PUEDE DETENER A UN FANÁTICO ALUCINADO, Y EL SANTÓN PERTENECÍA A ESA ESPECIE.
NUNCA HABÍA BROMEADO. CON TAL DE HACERSE CON EL POTRO, ME TENDRÍA CLAVADO TRAS AQUEL COCHE HASTA QUE ME PUDRIESE... A MENOS QUE LE DEMOSTRASE QUE ESTABA TAN LOCO COMO ÉL.
¿¿QUÉ ES LO QUE HACES??... ¡¡DEJA DE DISPARARLE!!
¡PAHING!
¡PAHING!
NO VAS A GANARME LA PARTIDA... VOY A REVENTARLE LA CABEZA AL PENCO... LO VOY A DEJAR SECO... Y SI LO PERMITES, DIOS SE VA A CABREAR MUCHO CONTIGO...
ASÍ QUE SI QUIERES QUE CONTINÚE ENTERO... VAS A TIRAR LA PISTOLA A LA CALLE ANTES DE QUE CUENTE TRES... ¡¡UNO...!!

¡¡...DOS...!!
¡¡TRES!!
SI TENÍA OTRA ARMA, MUY PRONTO IBA A SABERLO.

LE OÍ SUBIR LAS ESCALERAS Y SUSPIRÉ ALIVIADO... SI ESPERABA QUE LE SIGUIESE METIÉNDOME EN AQUELLA RATONERA, IBA A SUFRIR UN DESENGAÑO.
CLOC CLOC CLOC CLOC CLOC
?!?
¡¡MALDITOS LADRONES!!

¡¡SOLTADLO TODO!!... ¡¡TÚ, QUIETO!!
CROK
¿PARA QUÉ QUIERES TANTA COMIDA?... NO VAS A DURAR MUCHO... EL SANTÓN QUIERE TU CABALLO Y LO CONSEGUIRÁ... ¿ES QUE NO LO HAS COMPRENDIDO?... NO DESCANSARÁ HASTA VERTE MUERTO.
EMPEZABA A ANOCHECER, UNA RÁFAGA DE AIRE FRÍO GOLPEÓ MI ROSTRO, SENTÍ UN ESTREMECIMIENTO Y SIN SABER POR QUÉ EMPECÉ A REÍR.
© JOSÉ ORTIZ SEGURA

HOMBRE
EL MEJOR MUNDO POSIBLE
V EPISODIO

EL GORDO ESTABA CONTENTO Y NO ERA PARA MENOS. SE HABÍA QUEDADO CON LAS MERCANCÍAS DEL CARRO A CAMBIO DE UN PUÑADO DE BALAS, UN RIFLE OXIDADO Y ALGO QUE LLAMABA CÍNICAMENTE **CIGARRILLOS**.

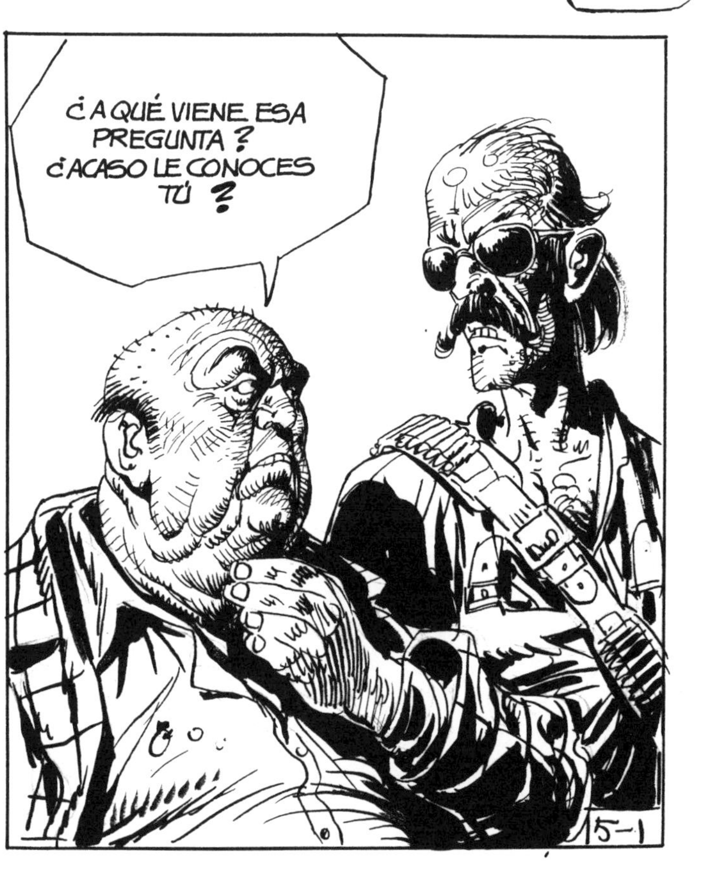

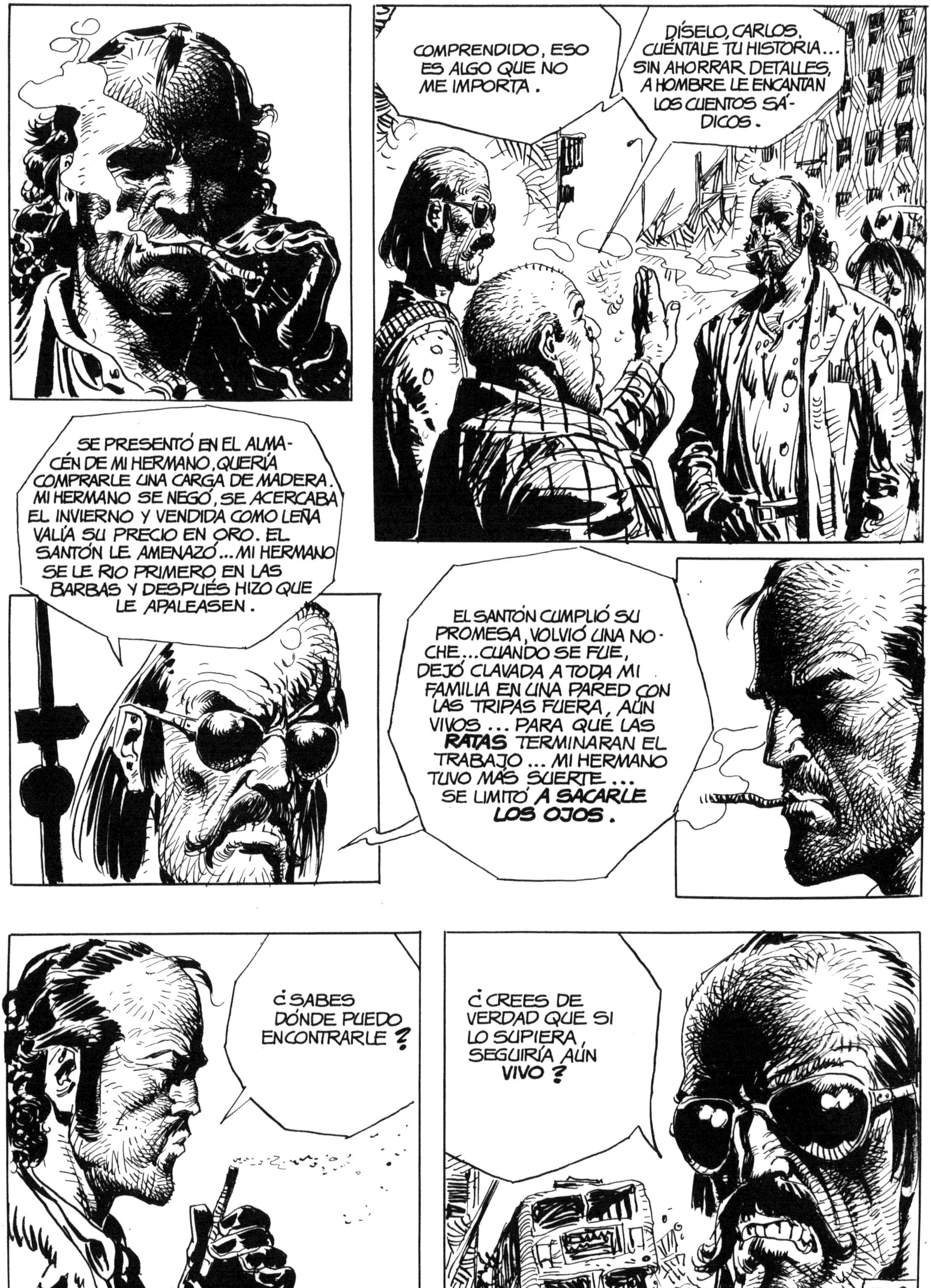
COMPRENDIDO, ESO ES ALGO QUE NO ME IMPORTA.
DÍSELO, CARLOS, CUÉNTALE TU HISTORIA... SIN AHORRAR DETALLES, A HOMBRE LE ENCANTAN LOS CUENTOS SÁDICOS.
SE PRESENTÓ EN EL ALMACÉN DE MI HERMANO, QUERÍA COMPRARLE UNA CARGA DE MADERA. MI HERMANO SE NEGÓ, SE ACERCABA EL INVIERNO Y VENDIDA COMO LEÑA VALÍA SU PRECIO EN ORO. EL SANTÓN LE AMENAZÓ... MI HERMANO SE LE RIO PRIMERO EN LAS BARBAS Y DESPUÉS HIZO QUE LE APALEASEN.
EL SANTÓN CUMPLIÓ SU PROMESA, VOLVIÓ UNA NOCHE... CUANDO SE FUE, DEJÓ CLAVADA A TODA MI FAMILIA EN UNA PARED CON LAS TRIPAS FUERA, AÚN VIVOS... PARA QUÉ LAS RATAS TERMINARAN EL TRABAJO... MI HERMANO TUVO MÁS SUERTE... SE LIMITÓ A SACARLE LOS OJOS.
¿SABES DÓNDE PUEDO ENCONTRARLE?
¿CREES DE VERDAD QUE SI LO SUPIERA, SEGUIRÍA AÚN VIVO?
5-2

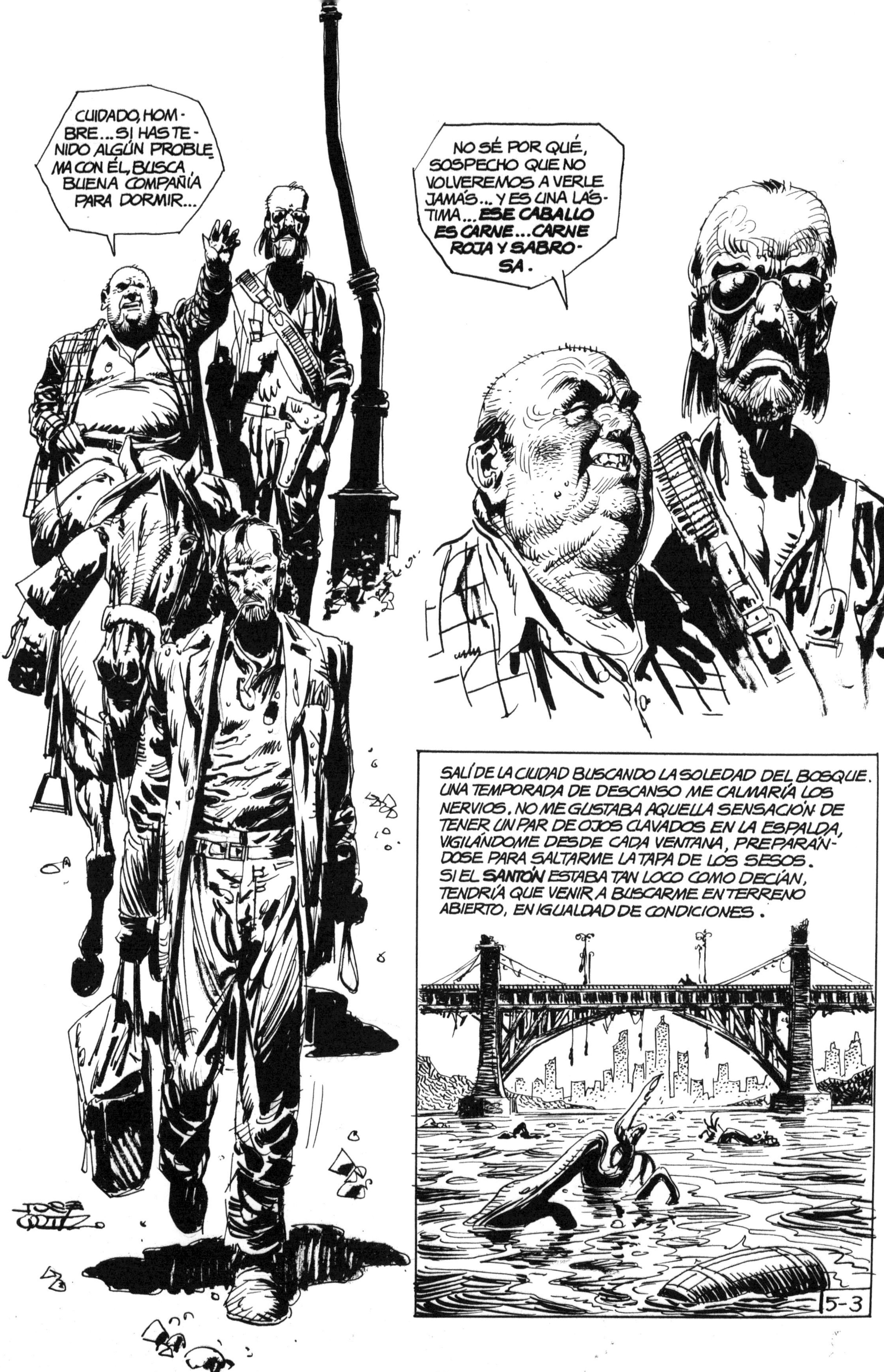
CUIDADO, HOMBRE... SI HAS TENIDO ALGÚN PROBLEMA CON ÉL, BUSCA BUENA COMPAÑÍA PARA DORMIR...
NO SÉ POR QUÉ, SOSPECHO QUE NO VOLVEREMOS A VERLE JAMÁS... Y ES UNA LÁSTIMA... ESE CABALLO ES CARNE... CARNE ROJA Y SABROSA.
SALÍ DE LA CIUDAD BUSCANDO LA SOLEDAD DEL BOSQUE. UNA TEMPORADA DE DESCANSO ME CALMARÍA LOS NERVIOS. NO ME GUSTABA AQUELLA SENSACIÓN DE TENER UN PAR DE OJOS CLAVADOS EN LA ESPALDA, VIGILÁNDOME DESDE CADA VENTANA, PREPARÁNDOSE PARA SALTARME LA TAPA DE LOS SESOS. SI EL SANTÓN ESTABA TAN LOCO COMO DECÍAN, TENDRÍA QUE VENIR A BUSCARME EN TERRENO ABIERTO, EN IGUALDAD DE CONDICIONES.
5-3

¡IIIIIIIHHH...!
RESPETEN LOS ÁRBOLES DEL BOSQUE
SERVICIO DE GUÍAS EN CASETA DE INFORMACIÓN
CALMA, BONITO.
LO HAS HECHO MUY BIEN... AHORA VAMOS A ASEGURARTE ESE FARDO Y...
5-4

MAL FUTURO, CABALLO... TU AMO SE ESTÁ VOLVIENDO HISTÉRICO Y ESO NO ESTABA EN EL PROGRAMA... SERÁ MEJOR PARA LOS DOS QUE NO DEJES DE RECORDARME LO ASESINO Y DESPIADADO QUE SOY... TODO UN SUCIO SUPERVIVIENTE DE ESTA SUCIA CIUDAD.
5-5

LOS DEMONIOS NO CONSTITUYEN UNA ESPECIE; PROCEDEN DEL GÉNERO HUMANO. NO ESTÁN FELICES EN ESA REGIÓN DE PANTANOS, DE DESIERTOS, DE SELVAS, DE ALDEAS ARRASADAS POR EL FUEGO, DE LUPANARES Y DE OSCURAS GUARIDAS, PERO EN EL CIELO SERÍAN MÁS DESDICHADOS...
VIVEN EN EL ODIO RECÍPROCO Y EN LA ARMADA VIOLENCIA; SI SE JUNTAN, LO HACEN PARA DESTRUIR A ALGUIEN... ¡HUMMMMM!... PARA DESTRUIR A ALGUIEN. DIOS PROHÍBE A LOS ÁNGELES TRAZAR UN MAPA DEL INFIERNO, PERO SABEMOS ... SABEMOS...
...SABEMOS QUE... SU FORMA GENERAL... EL MAPA DEL INFIERNO... TIENE ... ENNEEE... LA FORMA DE UN HOMBRE ...
J.L. BORGES
EL LIBRO DE LOS SERES IMAGINARIOS
5-6

¡¡NOOOOOOO...SUÉLTEMEEE...!!
NUNCA PODRÁS ESCAPAR DE ÉL... EL SANTÓN NO OLVIDA... NI PERDONA... QUIERE TU CABALLO PARA SU DIOS...
DIOS LE HABLA... LE HA ELEGIDO PARA SERVIRLE... PARA SALVAR A LA HUMANIDAD DE LA DESTRUCCIÓN... DIOS LE HABLA ENLOQUECIÉNDOLE.
NO HAY SALVACIÓN... EL MAPA DEL INFIERNO TIENE FORMA DE HOMBRE... ¡CALLAAAAA!
5-7

HABLA CON ELLA... PREGÚNTALE... ELLA NUNCA TE MINTIÓ...
MADRE.
MI POBRE NIÑO, TEMBLANDO ASUSTADO... SHIIII... CIERRA LOS OJOS... DUÉRMETE... YO VELARÉ TU SUEÑO ...DESCANSAAAA.
5-8

5-9

¡IIIIIIIIHHHHHHH!!
HABÍA TERMINADO UN MAL SUEÑO
...LOS SUEÑOS NO PARTEN
RAMAS, NI RESPIRAN EN
LA OSCURIDAD.
¡CRACK
5-10

ACÉRCATE, SANTÓN... TE ESTOY ESPERANDO.
UN POCO MÁS CERCA... MÁS CERCA...
5-11

SUFFFFFHHHHHH...!!
¡BAMG!
¡BAMG!
5-12

¡BAMG!
¡BAMG!
¡CLIK!
SE ACABÓ EL JUEGO, SANTÓN... SE ACABÓ PARA TI PARA SIEMPRE.
¡¡PARA SIEMPRE!!
5-13

CRAKKK
CRAKKK
JOSÉ ORTIZ
SEGURA
5-14

HOMBRE
en *Cimoc*

PODRÍA SER UN ÁGUILA LA QUE LLEGASE VOLANDO HASTA LA CIUDAD, QUEDARSE FLOTANDO SOBRE ELLA, COMO SUSPENDIDA POR HILOS INVISIBLES, Y LA VIERA CON SUS OJOS RAPACES DESDE SU TRONO EN LAS ALTURAS COMO UN OBSCENO FLORECIMIENTO DE HORMIGÓN, COMO UNA MANO GRIS DE CEMENTO ESTIRANDO SUS PÉTREOS DEDOS EN UN INÚTIL INTENTO POR ALCANZAR EL CIELO.
PODRÍAMOS PENSAR QUE EL ÁGUILA SÓLO QUIERE CONTEMPLARSE EN LOS ESPEJOS DEL MÁS ALTO DE LOS RASCACIELOS, ASOMARSE CURIOSAMENTE AL MUNDO DE LOS HOMBRES QUE OCUPAN LAS ALTURAS QUE POR DERECHO PERTENECEN A SU ESPECIE... PERO NO ES ASÍ, EL ÁGUILA REGRESA A SU HOGAR DESPUÉS DE UN DÍA DE CAZA.
...ALLÍ TIENE SU NIDO.
LA GRAN ÁGUILA REAL, POSADA SOBRE LA CORNISA, CONTEMPLA CON SUS OJOS DE FUEGO EL MUNDO QUE LA RODEA.
EL MUNDO CREADO POR EL HOMBRE QUE YA SÓLO HABITA SU ESPECIE. DESLIZA SU MIRADA SOBRE LAS ROTAS FACHADAS, SOBRE LAS NEGRAS OQUEDADES DE LAS VENTANAS SIN CRISTALES, POR LAS HABITACIONES VACÍAS DONDE EL VIENTO HACE ONDEAR LAS CORTINAS DESGARRADAS, ALLÍ DONDE TODO LO QUE UN DÍA FUERA UN CANTO AL BIENESTAR ES HOY TAN SOLO RUINA.
CONTEMPLA LAS GRIETAS QUE HIEREN EL HORMIGÓN, DESLIZA SU AGUDA VISTA HASTA LOS CONFINES DIFUSOS DE LA GRAN CIUDAD, CON SUS ESTELAS DE HUMO SUCIO ELEVÁNDOSE CANSINAMENTE AL CIELO, OBSERVA CON DESPRECIO A LAS DIMINUTAS FIGURAS QUE SE MUEVEN AFANOSAMENTE POR LAS CALLES EMBARRADAS COMO INSECTOS ENLOQUECIDOS Y SABE QUE SON LOS HOMBRES... PERO YA NO LES TEME... SABE QUE MUY PRONTO DESAPARECERÁN DE LA FAZ DE LA TIERRA.
1

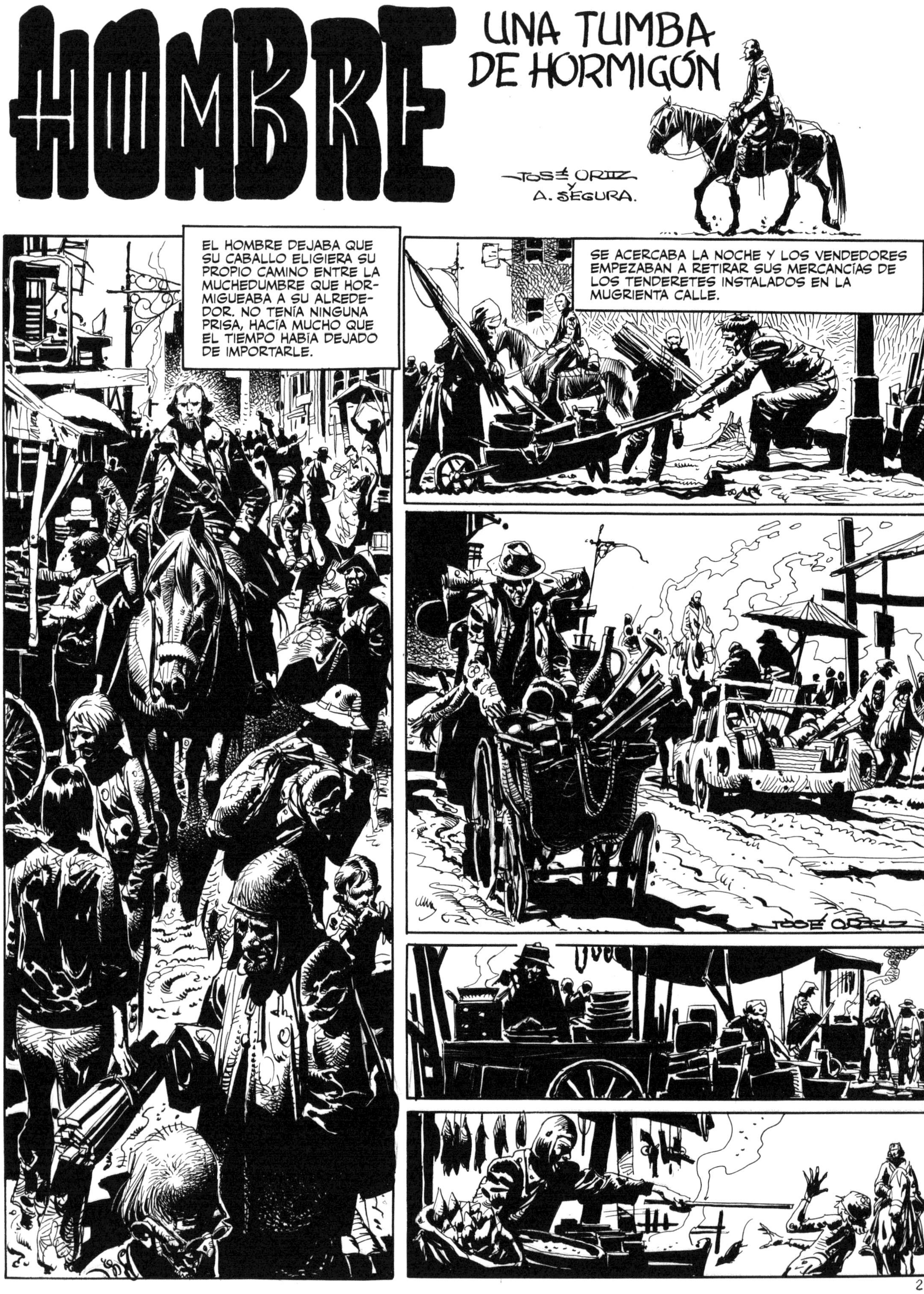
HOMBRE
UNA TUMBA DE HORMIGÓN
JOSÉ ORTIZ
Y
A. SEGURA.
EL HOMBRE DEJABA QUE SU CABALLO ELIGIERA SU PROPIO CAMINO ENTRE LA MUCHEDUMBRE QUE HORMIGUEABA A SU ALREDEDOR. NO TENÍA NINGUNA PRISA, HACÍA MUCHO QUE EL TIEMPO HABÍA DEJADO DE IMPORTARLE.
SE ACERCABA LA NOCHE Y LOS VENDEDORES EMPEZABAN A RETIRAR SUS MERCANCÍAS DE LOS TENDERETES INSTALADOS EN LA MUGRIENTA CALLE.
JOSÉ ORTIZ
2

LOS TENDERETES OSTENTABAN LA MÁS INVEROSÍMIL VARIEDAD DE OBJETOS EN CONFUSA MEZCOLANZA: LATAS DE CONSERVAS, TEJIDOS, BOTELLAS DE LICOR, HERRAMIENTAS MANUALES, HABÍA TAMBIÉN PUESTOS DE CARNE DE PERRO Y RATA DE RÍO, PESCADO AHUMADO, LISTONES DE MADERA EN HATOS APRETADOS PARA QUEMAR COMO COMBUSTIBLE, NAVAJAS DE AFEITAR, VASIJAS DE BARRO, ARMAS CORTAS Y LARGAS, MANTAS... EXISTÍAN ASIMISMO PUESTOS DE SACAMUELAS, PELUQUEROS, CARPINTEROS... TODO UN MUESTRARIO DE AQUELLO QUE ERA NECESARIO PARA SOBREVIVIR EN UNA CIUDAD QUE SÓLO PRODUCÍA DECADENCIA, ENFERMEDADES Y MISERIA.
Y A MÍ QUÉ ME DICES, VE A VER AL COMISIONADO Y PREGÚNTALE POR QUÉ NO LLEGAN LOS TRANSPORTES DE CARNE DEL EJÉRCITO... SI QUIERES COMER, TENDRÁS QUE CONFORMARTE CON LA MISMA BASURA QUE ME TRAGO YO, ¡Y GRACIAS!
AMIGO, TENGO PILAS PARA VENDERTE, VERDADERAS PILAS NUEVAS, MONTONES DE ELLAS... TE LAS DOY A CAMBIO DE UNA DENTADURA POSTIZA. ¿TIENES ALGUNA?
LARGO, VIEJO, SÓLO CUENTO CON MIS PROPIAS MUELAS, Y DUDO QUE TENGAS ALGO DE VALOR APARTE DE TU LENGUA.
¡AGARRADLE, MALDITA SEA! ¡QUE NO SE ESCAPE!
¡UNA LATA GRATIS A QUIEN LO COJA... SE LLEVA MI MEJOR REVÓLVER!
3

¡ESTÚPIDO CABALLO!
¡CUIDADO! ¡¡BRUTO!!
¡¡MI PIE!!
¡SE ESCAPA!
QUIETO, CABALLO, QUIETO.
LOS PERSEGUIDORES RODARON POR EL BARRO EN UN INFORME MONTÓN; CUANDO SE PUSIERON DE PIE, EL MUCHACHO SE HABÍA PERDIDO ENTRE LA MUCHEDUMBRE.
¡¡MALDITO CABALLO!! ¡MEJOR ESTARÍA CONVERTIDO EN FILETES QUE MONTADO POR UN BURRO COMO TÚ!
RESIGNACIÓN, HERMANO, HOY TE TOCABA PERDER.
EL HOMBRE SIGUIÓ SU CAMINO. ATRAVESÓ UN MERCADO DE CABALLOS DE TIRO, PASÓ POR LOS SOLARES CONVERTIDOS EN CAMPOS DE CULTIVO O EN GRANJAS DONDE LAS GALLINAS PICOTEABAN EL SUELO EN BUSCA DE GUSANOS DE CARROÑA, VIGILADAS POR SUS DUEÑOS ARMADOS CON FUSILES DE CAZA. DESPUÉS SE INTERNÓ POR LAS CALLES DESIERTAS DE LA CIUDAD ANTIGUA.
4

CASA DEL FLACO.
¡DIME DÓNDE TIENES ESCONDIDO EL DEPÓSITO!... ¡DÍMELO DE UNA VEZ, VIEJO, O TE MATARÉ!
¡AAGH!
PERO ¿QUÉ ESPERAS? EL LÍQUIDO NO TIENE NINGÚN VALOR EN TUS MANOS.
NO PUEDES NEGOCIARLO SIN QUE TE MATEN. DIME DÓNDE ESTÁ Y TE PROMETO QUE NUNCA TE FALTARÁ COMIDA, NI A TI NI A LOS TUYOS.
ES INÚTIL, FLACO: TIENES LAS MANOS DEMASIADO BLANDAS. DÉJAMELO A MÍ Y YA VERÁS CÓMO RECITA DE MEMORIA TODOS LOS VERSÍCULOS DE SU BIBLIA.
TE GUSTA DEMASIADO MATAR, RAMÓN...
TE LO DEJO, PERO QUIERO QUE HABLE. ¿COMPRENDES? ¡SÓLO QUE HABLE!
VIEJO, SE ACABÓ TU SUERTE... EL AFICIONADO DESAPARECE Y AQUÍ ESTÁ EL QUE TE VA A HACER HABLAR.
5

EL HOMBRE HABÍA DEJADO ATRÁS LA ZONA POPULOSA DEL MERCADO Y SE INTERNABA EN UN MAZO DE CALLEJUELAS.
LOS SOLARES AUMENTABAN PAULATINAMENTE EN LA ZONA QUE ABARCABA SU VISTA; CASI TODOS ESTABAN PARCELADOS Y CELOSAMENTE GUARDADOS POR GRUPOS ARMADOS.
EL HOMBRE DOBLÓ UNA ESQUINA...
ESPERE, SEÑOR, VAN A VOLAR AQUELLA CASA.
¡¡VUÉLALO, JUAN!!
TRAS LA EXPLOSIÓN, LA FINCA SE DESPLOMÓ CON UN ESTRÉPITO DE MADERAS ROTAS.
BOOOMMM!!
YA PODÉIS EMPEZAR A TRABAJAR. QUIERO QUE TODA LA MADERA QUEDE LIMPIA DE ESCORIAS PARA MAÑANA, Y EL TERRENO PREPARADO PARA EL CULTIVO... RECIBIRÉIS EL PORCENTAJE CONVENIDO Y SE OS PROTEGERÁ MIENTRAS TRABAJÉIS PARA MÍ.
6

¿Y LA COMIDA?... NOS PROMETIÓ UNA CARGA DE COMIDA DIARIA... ¿DÓNDE ESTÁ?
¡PRIMERO, A TRABAJAR! ¡GANÁOSLA TRABAJANDO!
TE CONOCEMOS, ERES UN CERDO. LA ÚLTIMA VEZ TE LLEVASTE TODA LA MADERA Y EL PLOMO Y TIMASTE A LA CUADRILLA QUE HABÍAS CONTRATADO.
ES CIERTO: MI HERMANO TRABAJABA PARA TI Y APARECIÓ MUERTO EN UNA ZANJA POR HABÉRTELAS CANTADO CLARAS.
¡CUIDA TUS PALABRAS, MUCHACHO!
¿DE DÓNDE SACAS LA GASOLINA PARA TU COCHE, CANALLA? ¿QUÉ HACES, DESTILAS LA SANGRE DE LOS HOMBRES QUE MATAS DE HAMBRE?
¡VAMOS A POR LA MADERA... ES TAN NUESTRA COMO SUYA!
¡TRAED UNA LATA, QUE NO SE PIERDA LA GASOLINA!
ESTE RIFLE ES MÍO. ¡DÁMELO!
BONITO CABALLO, SEÑOR, DEBE PESAR POR LO MENOS CUATROCIENTOS KILOS... SEGURAMENTE HARÍA UNA BUENA SOPA. ¿NO ES VERDAD, AMIGOS?
¡...PERO NO PUDO TERMINAR DE HABLAR!
¡BOOUNG!
¡BANG!
¡BANG!
7

¿ALGUIEN MÁS PIENSA QUE MI CABALLO LE SERVIRÍA DE CENA?
LA CUADRILLA LE MIRÓ EN SILENCIO, MIENTRAS SE CONSULTABAN CON LA VISTA UNOS A OTROS.
BIEN, ¿ALGUIEN SE DECIDE?
CON LA MISMA RAPIDEZ CON QUE LE HABÍAN RODEADO, LOS HOMBRES SE MARCHARON HACIA LA DEMOLICIÓN.
¡ASÍ ESTÁ BIEN, MUCHACHOS!
¡VAMOS A POR LA MADERA! ¡EL SEÑOR TIENE EL GENIO CORTO Y SU CABALLO HA DE ESTAR MUY DURO!
LOS CUATRO INDIVIDUOS SE MOVÍAN NERVIOSAMENTE EN EL AMPLIO SÓTANO.
¡BOMBEA MÁS RÁPIDO! ¡SI MANUEL NO AGUANTA, LOS PODEMOS TENER AQUÍ EN CUALQUIER MOMENTO!
PREFIERO PEGAR FUEGO AL DEPÓSITO ANTES QUE PERMITIR QUE ESOS CABRONES LE PONGAN LAS MANOS ENCIMA... VALE, BAJAD ESTE BIDÓN A LA BARCA.
EL HOMBRE HABÍA LLEGADO A LA CASA-PRISIÓN.
¡HOLA, HOMBRE, CUÁNTO TIEMPO SIN VERTE!
QUE ALGUIEN SE ENCARGUE DE MI CABALLO. ¿ESTÁ EL FLACO EN CASA?
ESTÁ ARRIBA CON UN HUÉSPED. ENTRA, LE DIRÉ QUE HAS LLEGADO.
¿DE QUÉ ES ESTA CARNE, FLACO?
MEJOR HUBIERA SIDO QUE TE LA TRAGASES SIN PREGUNTAR, ESA ES LA NORMA... PERO YA QUE INSISTES... ¡ES DE RATA! LAS CRÍO POR MILES EN EL SÓTANO. LAS RATAS HAMBRIENTAS REPRESENTAN UNA BUENA GANANCIA AHORA QUE LA CARNE DEL EJÉRCITO YA NO LLEGA A LA CIUDAD... NI CARNE, NI HARINA... NADA.
EL HOMBRE LE MIRÓ FIJAMENTE Y EN SILENCIO DURANTE UN INSTANTE, CON UNA EXTRAÑA LUZ BRILLÁNDOLE EN LOS OJOS.
ALGÚN DÍA TE DEVOLVERÉ LA CENA, FLACO.
8

VAMOS, NO SEAS MELINDROSO. ES CARNE, ¿NO? ¿Y DICES QUE TIENES UN CARGAMENTO DE CIEN AMPOLLAS?
TAN BUENAS COMO LA QUE ESTÁS MIRANDO. JUSTO LO QUE NECESITAS PARA SALVAR TU CUELLO EN LA PRÓXIMA EPIDEMIA DE TIFUS.
¿A CAMBIO DE QUÉ...? ¿ACEPTARÍAS CIEN KILOS DE CARNE DE RATA?
MATERIAL ÓPTICO, MONTURAS, CRISTALES MATRICES Y PULIDORAS, UN EQUIPO DE MATERIAL QUIRÚRGICO... Y UNA BUENA COLECCIÓN DE DENTADURAS POSTIZAS.
¿Y EL CIELO?... ¿NO QUIERES TAMBIÉN EL CIELO, HOMBRE?
ESPERA UN MOMENTO, AÚN NO HEMOS HABLADO... QUIERO QUE VEAS ALGO.
BAJARON AL SÓTANO POR UNA ESTRECHA ESCALERA.
¿TE GUSTAN MIS RATAS? ME ENCANTA VER CÓMO SE DEVORAN LAS UNAS A LAS OTRAS.
¿QUÉ COMEN?
CADÁVERES... BASURA... ¡QUÉ MÁS DA! MIRA, ESTE ES MI TESORO.
DOS MIL LITROS DE GASOLINA... TODA LA QUE HABÍA EN LA CIUDAD... Y ALLÍ CINCUENTA LITROS MÁS QUE LOCALIZAMOS AYER. LOS TRANSPORTABA UN VIEJO QUE TENGO ARRIBA, CHARLANDO CON EL BUENO DE RAMÓN, Y QUE SEGURAMENTE SABE DÓNDE HAY UN DEPÓSITO...
ESTÁS LOCO... EL EJÉRCITO EMBARGÓ TODO LO QUE HABÍA. NO QUEDA EN LA CIUDAD UNA SOLA PIEDRA POR REMOVER.
PERO OLVIDAS A LOS LISTILLOS, HOMBRE. CUANDO LLEGÓ LA CRISIS DE ENERGÍA Y TODO SE FUE AL CARAJO, HUBO GENTE MUY ASTUTA QUE SUPO ADELANTARSE A LOS ACONTECIMIENTOS... SABÍAN QUE EL PAPEL MONEDA NO VALDRÍA NADA, ASÍ QUE INVIRTIERON SU CAPITAL EN LÍQUIDO. PERO NO CONTARON CON LA GUERRA DEL HAMBRE, NI CON EL TIFUS NI CON TODA LA LOCURA QUE SE DESATÓ EN UNA CIUDAD CERRADA POR EL EJÉRCITO... MUCHOS DE ESOS LISTILLOS MURIERON Y SUS DEPÓSITOS QUEDARON BIEN GUARDADOS EN SUS ESCONDRIJOS.
¿Y DÓNDE ENCAJO YO EN TODO ESTO?
9

EL VIEJO NOS DIRÁ DÓNDE ESTÁ... TÚ CONOCES LAS SALIDAS AL CAMPO MEJOR QUE NADIE... ÚNETE A MÍ, CON EL LÍQUIDO PUEDO MOVER LOS SUFICIENTES CAMIONES COMO PARA SALIR DE ESTAMPIDA DE ESTA APESTOSA CIUDAD ANTES DE QUE TODO REVIENTE.
SUEÑAS, FLACO. LAS TROPAS QUE RODEAN LA CIUDAD TE ACRIBILLARÁN ANTES DE QUE LLEGUES A UNO DE LOS PONTONES.
ESCUCHA, HOMBRE... SOY RICO, INMENSAMENTE RICO EN ESPECIES. TENGO EN MIS ALMACENES TODO LO QUE VALÍA LA PENA EN ESTA CIUDAD, PERO AQUÍ NO ME SIRVE DE NADA... UN DÍA TENDRÉ QUE COMER CARNE DE RATA, COMO TÚ... Y SÉ QUE LA CIUDAD ESTÁ CONDENADA. CUALQUIER DÍA DEJARÁN CAER UNA BOMBA QUE NOS ACHICHARRARÁ A TODOS. NO QUIEREN QUE INUNDEMOS LA NACIÓN CON NUESTRA HAMBRE... Y ¿QUÉ HACEN? YA NO NOS ABASTECEN, FUSILAN A QUIEN INTENTA SALIR... Y YO QUIERO ESTAR FUERA DE LA CIUDAD CON TODAS MIS MERCANCÍAS CUANDO LLEGUE EL DESASTRE FINAL.
SALVA TU PIEL Y DEJA QUE TODO EL RESTO SE PUDRA. OLVÍDATE DE LA PORQUERÍA QUE TIENES EN TUS ALMACENES.
NI LO SUEÑES. TENGO TODO UN EJÉRCITO A MIS ÓRDENES, SÓLO ME FALTA LA RAPIDEZ QUE ME DARÁ EL LÍQUIDO. SALDREMOS DE ESTAMPIDA HACIA EL CAMPO. A LA SIERRA, ALLÍ CREARÉ MI REINO... PERO ANTES TIENE QUE HABLAR EL VIEJO.
EL VIEJO YA HA HABLADO. TENGO LA DIRECCIÓN DEL DEPÓSITO Y LOS HOMBRES PREPARADOS PARA SALIR.
¡BANG!
EL VIEJO YA NO VOLVERÍA A HABLAR.
¿LE DISTE TÚ EL REVÓLVER?
NO DIGAS CHORRADAS, FLACO. SE DESATARÍA Y LO SACARÍA DE UNA CAJA. DE TODOS MODOS, AHORA QUÉ IMPORTA... ¿SALGO O NO SALGO A POR EL LÍQUIDO?
LLÉVATE A TODOS LOS HOMBRES POR SI HAY PROBLEMAS. ¿QUIERES IR TÚ TAMBIÉN?
NO... NECESITO DORMIR. MAÑANA HABLAREMOS.
QUE TIREN AL VIEJO A LAS RATAS, RAMÓN.
10

EL HOMBRE SE APRESTABA PARA DESCANSAR CUANDO...
¡EH!
TRANQUILO, HERMANO, SEAS QUIEN SEAS, MUERTO NO TE SIRVO PARA NADA.
MIENTRAS, EN OTRO LUGAR...
ESTÁN ARRIBA. YA HAN MATADO A MATEO Y A JUAN.
SOLTAD LAS BARCAS... AÚN PODEMOS ESCAPAR.
LOS HOMBRES SOLTARON LAS AMARRAS Y COMENZARON A REMAR DESESPERADAMENTE, UTILIZANDO UNAS LARGAS PÉRTIGAS.
¡TIRAD CON CUIDADO! ¡SI LES PEGÁIS A LOS BIDONES, VOLAREMOS TODOS!
UNO A UNO, LOS HOMBRES QUE REMABAN FUERON ALCANZADOS POR LOS DISPAROS Y SE PRECIPITARON AL AGUA.
BANG
BANG
BANG
BANG
11

CON EL AGUA HASTA LA CINTURA, LOS HOMBRES DEL FLACO CORRIERON POR EL PASILLO LATERAL Y FRENARON LA MARCHA DE LAS BARCAS.
TRAEDLAS AQUÍ, TENEMOS QUE SUBIRLAS A LOS CAMIONES.
¿EL VIEJO CONTÓ LO DEL DEPÓSITO?
SÍ... LO MATASTE TÚ, ¿NO ES ASÍ?
SÍ, YO LO MATÉ. ¿CUÁNTAS DIRECCIONES DIO?
LAS SUFICIENTES... ME TEMO QUE LO MATASTE EN BALDE. A ESTAS HORAS, RAMÓN YA DEBE TENER TODO EL LÍQUIDO, ASÍ QUE SERÁ MEJOR QUE TE TRAGUES ESE REVÓLVER Y TE LARGUES ANTES DE QUE TE DESCUBRAN. YO NO FORMO PARTE DEL JUEGO.
¿?
EL HOMBRE CREYÓ QUE EL MUCHACHO IBA A MATARLE, PERO CON ASOMBRO VIO CÓMO SOLTABA LA PISTOLA Y COMENZABA A SOLLOZAR.
DEJÉ QUE MI ABUELO SE MATARA POR NADA. ¡¡POR NADA!!
BIEN, MUCHACHO... SERÁ MEJOR QUE ME CUENTES TU HISTORIA.
EL FLACO ESTABA TERMINANDO DE CONTAR LAS AMPOLLAS.
EL HOMBRE NO ME ENGAÑÓ... JUSTO CIEN AMPOLLAS. LÁSTIMA QUE ESTE SEA SU ÚLTIMO NEGOCIO, PERO LE PAGARÉ BIEN. ¡SUBE A SU CUARTO Y PÉGALE UN TIRO!
EL HOMBRE Y EL NIÑO HABÍAN SALIDO DE LAS SOMBRAS.
Y LUEGO TIRA SU CUERPO A LAS RATAS... COMO VES, CONOZCO EL RESTO DE LA CANCIÓN.
12

FLACO, ERES UN CANALLA. COMO BIEN DIJISTE, ESTE ES EL ÚLTIMO NEGOCIO. TE EMPEÑAS EN ESCAPAR DE LA CIUDAD, Y NO LO MERECES. LA GENTE COMO TÚ LA HIZO COMO ES, ANTES Y AHORA, Y LO JUSTO ES QUE TE PUDRAS CON ELLA.
¡BOING!
¡BING!
FLACO, VAMOS A VER SI ES VERDAD QUE TUS RATAS TIENEN TANTA HAMBRE COMO DICES... ¡ARRANCA, CHICO!
¡TROUNG!
¡¡NOOOOOOOOOO!!
¡AAAAAAAAARGH!!
13

POR UNA VEZ NO MINTIÓ, TENÍAN VERDADERA HAMBRE.
RAMÓN CHILLABA A SUS HOMBRES, QUE ESTABAN TERMINANDO DE CARGAR EL CAMIÓN.
DAOS PRISA. SI NOS DESCUBREN, NO SALDREMOS VIVOS DE ESTA... ¿QUEDA MUCHO?
SEIS BIDONES MÁS Y PODEMOS LARGARNOS.
EL CHICO CONDUCÍA EL CAMIÓN POR LAS CALLES DESIERTAS.
ESE FUE EL TRATO QUE HIZO MI ABUELO... SI CONSEGUIMOS PONER EN MARCHA LA FÁBRICA Y PRODUCIR HERRAMIENTAS, RESPETARÁN LA CIUDAD, NOS DARÁN SEMILLAS Y VOLVERÁ A HABER COMERCIO... POR ESO NECESITAMOS GASOLINA.
CHICO, OS ESTÁN TOMANDO EL PELO... ELLOS NO OS NECESITAN, LOS CAMPESINOS SE BASTAN POR SÍ SOLOS PARA SOBREVIVIR, TIENEN TIERRAS Y COMIDA... NO OS NECESITAN.
ENTONCES, ¿POR QUÉ ME AYUDAS?
PORQUE ME GUSTA MÁS TU SUEÑO QUE EL DEL FLACO... PORQUE ANOCHE CENÉ MAL ... QUÉ IMPORTA.
14

LOS HOMBRES DE RAMÓN ESTABAN TERMINANDO DE CARGAR EL CAMIÓN SOBRE LOS MONTONES DE RUINAS, SUS GUARDIAS ARMADOS VIGILABAN LOS ALREDEDORES PARA IMPEDIR QUE ALGUIEN SE ACERCASE.
EL CAMIÓN DEL HOMBRE SE HABÍA DETENIDO DETRÁS DE UN MONTÓN DE ESCOMBROS.
ESPERO QUE EL CAMIÓN NO SE DESVÍE... TENEMOS QUE PEGARLE EN EL CENTRO. SUBE Y SUELTA EL FRENO CUANDO YO TE DIGA, Y LUEGO SALTA.
¡¡SUELTA LOS FRENOS, CHICO!!
EL CAMIÓN EMPEZÓ A MOVERSE, APROVECHANDO EL DESNIVEL DE LA CALLE, EN DIRECCIÓN AL CAMIÓN DE RAMÓN.
¡¡ADIÓS, HOMBRE!!
¡¡SALTA, ESTÚPIDO... SALTA!!
EL CHICO PUSO EN MARCHA EL MOTOR Y ACELERÓ.
¡¿!
¿?
15

LOS HOMBRES DE RAMÓN, ALERTADOS POR EL RUIDO DEL MOTOR, COMENZARON A DISPARAR SOBRE EL CAMIÓN, EN UN INÚTIL INTENTO DE DETENER SU MARCHA.
¡¡DISPARAD!!
¡BAMB!
¡BAMG!
¡BANG!
¡CRAG!
EL HOMBRE RODÓ POR EL SUELO, PROTEGIÉNDOSE DE LOS DISPAROS TRAS UN MONTÓN DE ESCOMBROS.
EL CAMIÓN DEL CHICO CHOCÓ VIOLENTAMENTE CONTRA EL VEHÍCULO CARGADO DE BIDONES. PASARON UNOS SEGUNDOS, Y LUEGO...
¡CROOM!
DE PRONTO, TODO SE CONVIRTIÓ EN UN HURACÁN DE FUEGO.
¡¡BROOOM!!
ADIÓS, CHICO. TE GANASTE A PULSO UNA BUENA TUMBA.
LOS HABITANTES DE LA CIUDAD SE ASOMARON CURIOSAMENTE, PERO NADA IMPORTABA YA AL HOMBRE: TENÍA EN SU MEMORIA TRES DIRECCIONES, UNA FORTUNA EN PETRÓLEO QUE RECIBIRÍAN LOS COMPAÑEROS DEL CHICO.
16

SEMILLAS PARA UN ADIÓS
JOSE ORTIZ Y A. SEGURA.
EL HOMBRE
...ESTABA DISPUESTO A RE-
VOLVER TODO EL MER-
CADO CON TAL DE HA-
CER FELIZ A LA ÚNICA
PERSONA QUE LE IM-
PORTABA EN LA CIUDAD.
SEMILLAS DE FLORES, ES RIDÍCULO ...¿QUIÉN VA A QUERER COMPRAR EN ESTOS TIEMPOS SEMILLAS DE FLORES?
DE TRIGO, DE AVENA, DE CEBADA, DE GIRASOL, DE MARIHUANA... ¡¡OYE, YA ME CANSÉ!! ¡¡NO TENGO SEMILLAS DE FLORES!!
NO TE CANSES TAN PRONTO, AMIGO, NI ME FASTIDIES CON TUS QUEJAS.
SEMILLAS DE FLORES, QUÉ LOCURA... ¡¡UN MOMENTO!!
1

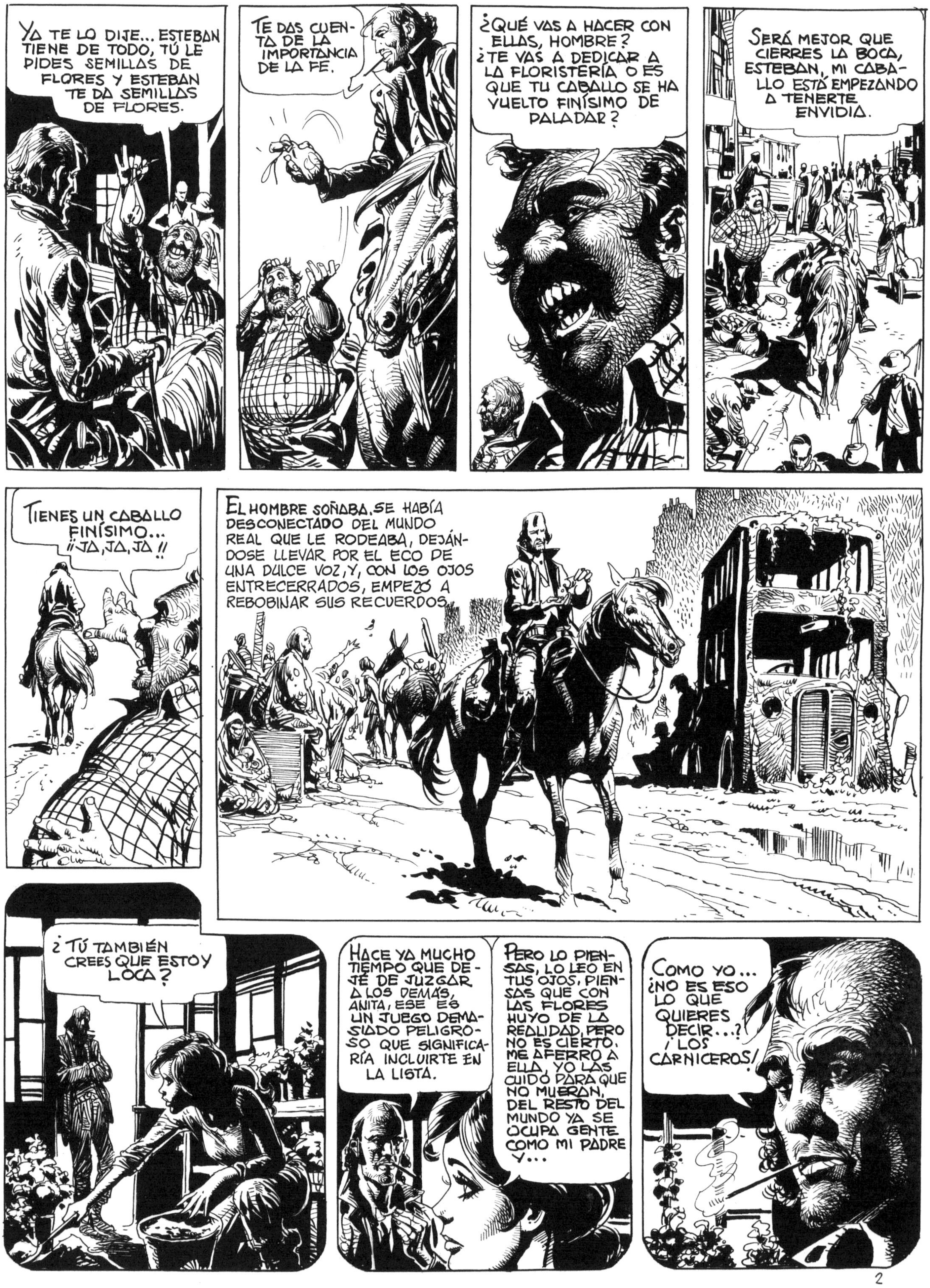
YA TE LO DIJE... ESTEBAN TIENE DE TODO, TÚ LE PIDES SEMILLAS DE FLORES Y ESTEBAN TE DA SEMILLAS DE FLORES.
TE DAS CUENTA DE LA IMPORTANCIA DE LA FE.
¿QUÉ VAS A HACER CON ELLAS, HOMBRE? ¿TE VAS A DEDICAR A LA FLORISTERÍA O ES QUE TU CABALLO SE HA VUELTO FINÍSIMO DE PALADAR?
SERÁ MEJOR QUE CIERRES LA BOCA, ESTEBAN, MI CABALLO ESTÁ EMPEZANDO A TENERTE ENVIDIA.
TIENES UN CABALLO FINÍSIMO... ¡¡JA, JA, JA!!
EL HOMBRE SOÑABA. SE HABÍA DESCONECTADO DEL MUNDO REAL QUE LE RODEABA, DEJÁNDOSE LLEVAR POR EL ECO DE UNA DULCE VOZ, Y, CON LOS OJOS ENTRECERRADOS, EMPEZÓ A REBOBINAR SUS RECUERDOS.
¿TÚ TAMBIÉN CREES QUE ESTOY LOCA?
HACE YA MUCHO TIEMPO QUE DEJÉ DE JUZGAR A LOS DEMÁS, ANITA, ESE ES UN JUEGO DEMASIADO PELIGROSO QUE SIGNIFICARÍA INCLUIRTE EN LA LISTA.
PERO LO PIENSAS, LO LEO EN TUS OJOS, PIENSAS QUE CON LAS FLORES HUYO DE LA REALIDAD, PERO NO ES CIERTO, ME AFERRO A ELLA, YO LAS CUIDO PARA QUE NO MUERAN, DEL RESTO DEL MUNDO YA SE OCUPA GENTE COMO MI PADRE Y...
COMO YO... ¿NO ES ESO LO QUE QUIERES DECIR...? ¡LOS CARNICEROS!
2

YA LO VES, SOY PEOR QUE TÚ, AÚN JUEGO A JUZGAR.
CUANDO CONOCÍ A TU PADRE, UN GRUPO DE "HONRADOS CIUDADANOS" HABÍAN FORZADO TU CASA, MATANDO A TU MADRE Y A TUS HERMANOS, TAN SOLO PORQUE INTENTABA QUE LA LEY SIGUIERA CUMPLIÉNDOSE... ENTONCES COMPRENDÍ QUE LA ÚNICA LEY ERA SOBREVIVIR A CUALQUIER PRECIO.
NUNCA PODRÍA COMPRENDERLE. SU PADRE LE HABÍA PROTEGIDO CON UNA MURALLA DE SILENCIO, NUNCA PERMITIRÍA QUE SE MANCHARA CON LA MISERIA QUE NOS RODEABA Y TAL VEZ FUERA MEJOR ASÍ.
PARA TI LA SUPERVIVENCIA LO EXPLICA TODO ¿NO? ME HAS HECHO PONER MUY TRISTE, Y POR ELLO TE IMPONGO UN CASTIGO... TIENES QUE TRAERME NUEVAS SEMILLAS, YO LAS PLANTARÉ POR TI.
NO DIGAS ESO, NUNCA VUELVAS A REPETIRLO... YO CONFÍO EN TI, NECESITO CONFIAR EN ALGUIEN.
MEJOR QUE NO LO HAGAS, NO ESTOY SEGURO DE QUE QUISIERAN FLORECER.
HAY LUGARES INMUNES A TODO CAMBIO A PESAR DE QUE TODO A SU ALREDEDOR SE DESMORONA. ALLÍ DONDE EL ALCOHOL Y LAS MUJERES LIBERAN LAS TENSIONES HUMANAS, ENCONTRAMOS AL GRAN PA.
HE VISTO AL HOMBRE CAMINO DEL INVERNADERO, SERÁ MEJOR QUE VAYAS, LORENA.
SEÑORES, CAMBIO DE TURNO... TENGAN CUIDADO, LA MOZA SIEMPRE LLEVA LOS ASES ESCONDIDOS EN LA LIGA.
3

¿ANITA?
CUÍDATE ESOS OJOS, HOMBRE. AUNQUE, DESPUÉS DE TODO, ERES UN TORO, NO UN GATO.
ME ESFORCÉ EN QUE MI VOZ SONARA SECA, CON EL MISMO TONO QUE HABÍA PEDIDO ANTAÑO LOS SERVICIOS DE LORENA.
¿DÓNDE ESTÁ ANITA?
NADIE LO SABE. Y GRAN PA NO SE CONFIESA CONMIGO DESDE HACE MUCHO TIEMPO, NI CREO QUE VAYA A HACERLO CONTIGO... ¿CAPTAS EL MENSAJE?
¿ESO ES UNA APUESTA, LORENA?
ESTÁ BIEN, HOMBRE... TRATARÉ DE PEGAR TUS HUESOS CUANDO TERMINEN CONTIGO... ¡¡Y OLE!!
ENCONTRARAS A GRAN PA EN SU DESPACHO REFUGIO... QUE TE APROVECHE.
4

EN EL SALÓN PRINCIPAL DEL TUGURIO-CABARET SE HABÍA INICIADO UNA PELEA, SIMPLEMENTE PARA QUEMAR LAS ENERGÍAS PRODUCIDAS POR EL ALCOHOL Y LAS CARICIAS DE LAS MUJERES.
GRAN PA SIEMPRE HABÍA SABIDO ESCOGER EL DECORADO PARA OCULTAR LA LUCIDEZ DE SU LOCURA, COMO SI EL BRILLO DE LAS JOYAS LE INSENSIBILIZARA DE SUS RECUERDOS.
HOLA, PÁJARO DE MAL AGÜERO. ¿QUÉ TE TRAE AL CENTRO DE DEPRAVACIÓN?
¡ANITA!
ESO NO ES UNA RESPUESTA, ESO ES UNA IMPRUDENCIA.
MIRA, PAYASO, NOS CONOCEMOS DEMASIADO BIEN PARA QUE ME ASUSTEN TUS IDIOTECES, Y NO QUIERO TERMINAR CON VIOLENCIA ESTA AMISTAD.
¿AMISTAD?... ¿CREES QUE NO TE CONOZCO?... TE HE VISTO RONDAR COMO PERRO EN CELO TRAS ANITA, ENVENENÁNDOLE LOS OÍDOS CON TUS VIEJOS TRUCOS A LA ESPERA DE HACERLA TU PRESA... PERO, NI LO SUEÑES, NI TÚ, NI NINGUNO DE TU RALEA LA ROZARÉIS MÁS... ¡¡LARGO!!
¡¡PACO... FERNANDO!!
¡DALE FUERTE, PACO!
¡¡AAGH!!
¡MALDITO SEAS...! ¡YO TE ARREGLARÉ, ESTÚPIDO!
¡UG!

¡BANG!
MALDITA SEA, ME HE DESTROZADO EL PIE... SACADLO DE AQUÍ, QUE NO VUELVA NUNCA MÁS...
¡¡ESTÁ LOCO, TODOS ESTAMOS LOCOS!!
¡¡ADIÓS, DON JUAN, QUE TE SEA LEVE!! ¡¡...JA, JA, JA!!
EL HOMBRE SINTIÓ SOBRE SU ROSTRO LAS DULCES CARICIAS DE ANITA, Y APRETÓ LOS PÁRPADOS NO QUERIENDO DESPERTAR.
6

¿CREES QUE TODO ESTO ALGÚN DÍA TERMINARÁ?
NO TENGO MADERA DE PROFETA, NI QUIERO SERLO. ME LIMITO A VIVIR CADA DÍA.
PERO TÚ ERES UNA BESTIA GRANDE Y PODEROSA QUE EMBISTE, SIN PENSAR, CONTRA EL PRESENTE. ERES FUERTE Y PUEDES HACERLO... PERO YO SOY DÉBIL. NECESITO CREER EN UN FUTURO POR LEJANO QUE ESTÉ.
HAS ELEGIDO MAL TU HOMBRE. YO NO CREARÉ ESE FUTURO QUE ESPERAS, NO PERTENEZCO A ÉL ... NI CREO QUE PUEDA LLEGAR A VERLO.
HAY MUCHAS MANERAS DE DECIR QUE SOY FRUTO DE LA VIOLENCIA Y QUE CUALQUIER DÍA MORIRÉ EN SUS MANOS. AHORA MÁS QUE NUNCA LA SIENTO SOBRE MI PIEL.
HOMBRE... HOMBRE ... HOMBRE.
EL HOMBRE RECOBRA EL SENTIDO Y COMPRENDE QUE EN SU SUEÑO HA MEZCLADO LA REALIDAD DEL CONTACTO FÍSICO CON LORENA CON SUS RECUERDOS.
POR FIN DESPIERTAS ... ESCÚCHAME, CABEZOTA, YO NECESITO UN HÉROE QUE ME SAQUE DE ESTA RATONERA, Y TÚ NECESITAS A ANITA... ASÍ QUE FUMA Y SIGUE ESCUCHANDO.
EL SILENCIO DE LA NOCHE SE QUEBRABA EN MIL ECOS CUANDO LOS DOS JINETES, BAJO LA LUNA CURIOSA QUE VIGILABA SUS PASOS, ATRAVESABAN LAS DESIERTAS CALLES DE LA CIUDAD.
TENEMOS QUE IR AL NORTE, ALLÍ TENGO MI SALIDA SECRETA.
ES UNA VIEJA CONDUCCIÓN DE AGUA, PERO NUNCA LLEGARON A USARLA. NOS LLEVARÁ TRAS LAS LÍNEAS DE VIGILANCIA DEL EJÉRCITO.
LORENA APRETÓ LOS LABIOS. DEJABA ATRÁS UN MUNDO QUE SÓLO VOLVERÍA A RECORDAR EN SUS PEORES PESADILLAS.
AQUELLA NOCHE INTENTARON VIOLAR A ANITA Y GRAN PA SE VOLVIÓ LOCO... ASÍ QUE SE PROMETIÓ QUE NO VOLVERÍA A PASAR, VENDIÓ PARTE DE SUS JOYAS Y SE PUSO EN CONTACTO CON EL PASADOR.
¿QUIÉN ES EL PASADOR?
UN ESCORPIÓN DE CIUDAD COMO TÚ... VENDE ESPERANZA MIENTRAS LOS DEMÁS SE CONTENTAN CON VENDER CARNE DE RATA. COBRA POR PASAR A LOS HIJOS DE LOS RICOS AL CAMPO. ALLÍ TIENE MONTADA UNA GRANJA, UN CAMPAMENTO AGRÍCOLA... ¡YO QUÉ SÉ! GRAN PA CERRÓ EL TRATO Y SE LLEVARON A ANITA HACE TRES DÍAS... ¡Y TE JURO QUE LA ODIÉ! ¡YO TENGO TANTO DERECHO COMO ELLA A LA LIBERTAD! PERO TUVE QUE VENDERME PARA SOBREVIVIR.
7

NO PUEDO CREER QUE GRAN PA FUERA TAN ESTÚPIDO... ¿CÓMO SABE QUE TODO NO ES UN GRAN CUENTO?
PA NO ES TONTO. LES OBLIGÓ A LLEVARSE A TRES DE SUS HOMBRES DE CONFIANZA. ELLOS VELARÁN PORQUE TODO SEA CORRECTO... ¡¡AAAAA!!
LA LUZ DE LA LINTERNA HABÍA ILUMINADO UNA PIRÁMIDE DE OSAMENTAS HUMANAS QUE CASI BLOQUEABAN EL PASO.
CÁLMATE, SÓLO SON HUESOS... EN LOS PRIMEROS TIEMPOS NADIE TENÍA TIEMPO DE CAVAR FOSAS.
LLÉVAME CONTIGO, HOMBRE, SÁCAME DE ESTA MALDITA CIUDAD PARA SIEMPRE.
DIOS MÍO, HABÍA OLVIDADO TANTA BELLEZA, Y AHORA ESTOY LLORANDO COMO UNA TONTA.
EL HOMBRE LA MIRÓ EN SILENCIO. LORENA DESCUBRIRÍA PRONTO POR SÍ MISMA QUE EL CAMPO TAMBIÉN LA HARÍA LLORAR POR OTRAS RAZONES.
VÁMONOS, NO QUISIERA TROPEZAR CON UNA DE LAS PATRULLAS.
8

SOBRE LA CARRETERA QUEDABAN LOS RESTOS CARBONIZADOS DE LOS AUTOMÓVILES QUE UN DÍA HABÍAN INTENTADO HUIR DEL HORROR, LA MUERTE Y EL HAMBRE QUE SIGNIFICABA LA GRAN CIUDAD.
¡¡MIRA QUÉ PERRO MÁS HERMOSO!!
EL MAJESTUOSO PERRO MOSTRO SUS DIENTES EN UN GRUÑIDO SORDO.
¡¡PICA ESPUELAS, ES UNA JAURÍA SALVAJE!!

¡BANG!
EL PERRO HABÍA DEJADO DE SER EL AMIGO DEL HOMBRE. ERRANTE POR EL MONTE, EL HAMBRE LE HABÍA HECHO DESCUBRIR DE NUEVO EL INSTINTO DE CAZA Y EL SABOR DE LA SANGRE. LO QUE PARA EL HOMBRE ERA EL PRINCIPIO DEL FIN, PARA EL PERRO ERA TAN SÓLO LA VUELTA A SU LIBERTAD.
¿ERA ESO NECESARIO?
MIRA ATRÁS Y TE CONVENCERÁS, ¡ESTÚPIDA!
LLEVABAN SOBRE SUS HUESOS EL CANSANCIO DE TRES DÍAS DE CONSTANTE CABALGAR, Y HOMBRE SE PREGUNTABA SI ANITA EXISTÍA EN REALIDAD, SI NO ESTARÍA PERSIGUIENDO UN SUEÑO VENIDO DEL PASADO, CUANDO AÚN ERA POSIBLE AMAR.
¿ESTÁS SEGURA DE QUE ESTA ES LA RUTA DE LA QUE TE HABLÓ EL HOMBRE DEL PASADOR?
PUES CLARO QUE SÍ, ESTABA DEMASIADO BORRACHO PARA MENTIRME.
MIRA, HAY GENTE EN LA CARRETERA.
10

¿HAN VISTO DOS CARROS CON MUJERES Y NIÑOS ESCOLTADOS POR UN GRUPO DE SIETE HOMBRES?
DÍSELO, A NOSOTROS QUÉ NOS IMPORTA.
ESTÁ BIEN... ESTA MAÑANA OÍMOS DISPAROS, NOS ACERCAMOS Y... ES ALLÍ, TRAS ESAS LOMAS.
YA NADIE LE ESCUCHABA. EL HOMBRE Y LORENA HABÍAN ESPOLONEADO SUS MONTURAS Y GALOPABAN SACANDO CHISPAS A LA TIERRA HACIA LAS DISTANTES COLINAS.
SON LOS HOMBRES DE PA... Y ELLA ES ESTHER... PERO ¿POR QUÉ? ¿POR QUÉ?
ROQUE, ¿QUÉ TE HAN HECHO ESOS CANALLAS?
¿ERES TÚ, LORENA? NOS LA JUGARON BIEN... NO HAY GRANJAS... TODO ES MENTIRA. LOS VENDEN COMO ESCLAVOS, COMO MANO DE OBRA A LOS CAMPESINOS... INTENTAMOS HUIR Y NOS CAZARON... ¡¡QUÉ GRAN TONTERÍA!!
¿Y ANITA?
EN LAS CASAS AMARILLAS, AL NORTE... QUÉ CANSADO ESTOY... DEJADME DORMIR... QUÉ PRIMADA.
MALDITOS SEAN, LES CORTARÉ LA PIEL A TIRAS... ¡¡MALDITOS SEAN!!

11

SON EL GRUPO DEL PASADOR, RECONOZCO LA CARRETA... RETROCEDAMOS, HOMBRE, AÚN NO NOS HAN VISTO ... PERO ¿QUÉ HACES?
YA SABEMOS DÓNDE ESTÁ ANITA... LO DEMÁS QUÉ IMPORTA.
¿QUÉ VAS A HACER? YA VEO, ERES UN BUITRE CARROÑERO, SÓLO TE IMPORTA MATAR Y MATAR... DISFRUTAS CON ELLO, ¿VERDAD?... ¿QUÉ HA SIDO ANITA? SÓLO UNA BUENA EXCUSA... SI ES ASÍ, CORRE, VE Y ¡¡MÁTALOS!!
TAL VEZ LORENA TENGA RAZÓN, TAL VEZ SÓLO SOY UN BUITRE CARROÑERO... Y QUÉ IMPORTA, YO TENGO MI PROPIA LEY, Y SÓLO ME JUZGARÉ POR ELLA.
¡¡AAEEIIIIIIIAAAHG!!
12

¡EH!
¿QUÉ ES ESTO?
¡¡DEMONIOS!!
¡BAMG!
¡BAMG!
¡BAMG!
¡BAMG!

MÁS TARDE, JUNTO A UN CAMPAMENTO NOCTURNO.
PODÍAS HABERME ESPERADO.
CUMPLÍ MI TRATO, ERES LIBRE... SI ESTÁS AQUÍ, ES SÓLO PORQUE QUIERES.
TE ACOMPAÑARÉ HASTA EL FIN... SIENTO CURIOSIDAD POR VER CÓMO MATAS A TODA LA GENTE DE CASAS AMARILLAS CON TUS GRANDES PISTOLAS... QUIERO VER CÓMO TOMAS A LA DULCE ANITA CON TUS MANOS MANCHADAS DE SANGRE Y LE GRITAS "MI AMOR, ¿NO TE ALEGRAS DE VERME? TODOS ESOS MUERTOS SON POR TI." LUEGO, LE ENSEÑARÁS A VIVIR MATANDO Y LO MISMO HARÁS CON TUS HIJOS... SÍ, ES UN BONITO FUTURO.
PUEDES PEGARME SI QUIERES, NO SERÁS EL PRIMERO... ESTÁ BIEN, ME CALLARÉ, PERO CREO QUE ME QUEDARÉ EN CASAS AMARILLAS, COMO ESCLAVA. BAJO UN CIELO LIMPIO, CON GENTE LIMPIA... YO, YO... NO TE ACOMPAÑARÍA AUNQUE ME LO PIDIERAS DE RODILLAS.
Y LORENA EMPEZÓ A LLORAR COMO SÓLO PUEDE HACERLO UNA MUJER QUE HA PERDIDO SU ÚLTIMA ESPERANZA DE AMAR... O DE ODIAR.
14

A LA MAÑANA SIGUIENTE, CAMINO DE CASAS AMARILLAS.
HASTA EL HOMBRE Y LORENA LLEGABAN LAS RISAS DE LOS JÓVENES CAMPESINOS.
BIENVENIDOS A CASAS AMARILLAS, SEÑORES... ¿BUSCAN AL PATRÓN?
HACE UNOS DÍAS TRAJERON A UN GRUPO DE... TRABAJADORES DESDE LA CIUDAD. ¿CONOCES A UNA JOVEN LLAMADA ANITA? VENÍA CON ELLOS.
TOME, SEÑORA, TIENE LOS LABIOS RESECOS POR EL POLVO... ¿ANITA? AH, SÍ, ES LA CHICA MORENA QUE NO DEJA DE CANTAR... MATEO LE ESTÁ ENSEÑANDO A TOCAR LA GUITARRA... CREO QUE ESTÁ ALLÍ, JUNTO A LA ALBERCA. ES UNA CHICA MUY LINDA.
¿TÚ TAMBIÉN ERES DE LA CIUDAD?
SÍ, Y PUEDE CREER QUE NO LA AÑORO ...EL TRABAJO AQUÍ ES DURO, PERO NOS TRATAN BIEN. EN DIEZ AÑOS QUEDARÉ LIBRE Y EL PATRÓN ME CEDERÁ UN TROZO DE TIERRA... PERO HABLO DEMASIADO Y MIS COMPAÑEROS TIENEN SED.
TOMA, DÁSELAS... DILE QUE CUMPLÍ MI PALABRA, QUE LAS PLANTE Y LAS CUIDE POR MÍ... AYÚDALA A COMPRENDER.
ASÍ LO HARÉ, HOMBRE. GRACIAS.

¡HOMBRE... HOMBRE...! VUELVE, ¡TE QUIERO! ¡¡TE QUIERO!!
SIEMPRE SUPE QUE ALGÚN DÍA TENDRÍA QUE RENUNCIAR A ANITA, QUE NO PODRÍA UNIRLA A MI DESTINO DE VIOLENCIA SIN DESTRUIRLA. TAL VEZ FUERA MEJOR ASÍ. ELLA HABÍA ENCONTRADO AL FIN SU FUTURO... Y EN MÍ NO HABÍA LUGAR PARA NINGÚN SENTIMENTALISMO, MI ÚLTIMO DESTELLO DE AMOR QUEDABA JUNTO A ELLA. NI SIQUIERA VOLVÍ LA CABEZA, ESPOLEÉ MI MONTURA Y DEJÉ QUE EL POLVO ME OCULTARA DE ANITA.
¡¡HOMBRE!!
16

HOMBRE
UN VALLE PARA UNA VENGANZA
JOSÉ ORTIZ y A. SEGURA.
LA NATURALEZA CAPRICHOSAMENTE HABÍA ENCERRADO EL PEQUEÑO VALLE EN UN CERCO DE ROCAS, COMO QUERIÉNDOLO PROTEGER DE LA PRESENCIA HUMANA HASTA EL FIN DE LOS SIGLOS.
PERO LOS HOMBRES HABÍAN ENCONTRADO EL OCULTO PASO ENTRE LOS ESTRECHOS LABERINTOS DE SUS CAÑONES Y LA TIERRA VIRGEN FUE HOLLADA POR SUS PIES.
© JOSÉ ORTIZ
CONTEMPLANDO EL VALLE DESDE LO ALTO DE LOS ACANTILADOS, SE PODRÍA PENSAR QUE ERA EL ÚLTIMO EDÉN,... PERO EL HOMBRE QUE MIRABA A TRAVÉS DE LOS PRISMÁTICOS, SÓLO VEÍA UN TROZO DE INFIERNO.
PÁSAME LOS PRISMÁTICOS, HOMBRE. YO TAMBIÉN QUIERO VERLO DE CERCA.
HOMBRE NO HIZO CASO DE LA PETICIÓN DE TOMI, SIGUIÓ MIRANDO EL VALLE, DEJANDO QUE, COMO OLAS DE FUEGO, LLEGARA A SU MENTE LA DOLOROSA PRESENCIA DE SUS RECUERDOS.
¡TRONCHO! ¿TE HAS QUEDADO DORMIDO?

¡POR TODOS LOS SANTOS, NO NOS ENGAÑASTE!... AHÍ ABAJO TIENEN PANELES SOLARES, DOS SILOS DE GRANO, TIERRAS DE LABRANZA... PERO SI HASTA HAY UNA DOCENA DE VACAS... ¡¡ESTO ES UN SUEÑO!!
¿VES TAMBIÉN SUS AMETRALLADORAS Y LAS TORRES ARMADAS? YO QUE TÚ ME FIJARÍA TAMBIÉN EN ELLAS.
¡TÚ YA NOS CONOCES! DINOS CÓMO ATERRIZAR EN ESTE VALLE Y OLVÍDATE DE LAS AMETRALLADORAS.
SÍ, SOMOS ÚNICOS CORTANDO CUELLOS AJENOS... PERO PRIMERO, SI OS PARECE, TOMAREMOS EL TÉ DE LAS SIETE.
¡¡TRONCHOS!! VAS A DECIRNOS DE UNA MALDITA VEZ CÓMO BAJAREMOS, O PRIMERO TENDREMOS QUE HACERTE UN JURAMENTO DE SANGRE. PIENSA EN ESAS TIERNAS VACAS QUE NOS ESPERAN Y COMPADÉCETE DE NOSOTROS.
ME TEMO QUE TU JURAMENTO ESTARÍA TAN PODRIDO COMO TU SANGRE. BIEN, HAY UNA GRIETA EN LA PARTE NORTE DE LA CORNISA QUE LLEVA AL VALLE. DESDE ABAJO NO ES VISIBLE, CON LA AYUDA DE UNAS CUERDAS PODREMOS DESCENDER FÁCILMENTE SIN QUE NOS VEAN.
¿HAS OÍDO, CULEBRA?... ¡FÁCILMENTE! IMAGÍNATELO, BAJAREMOS COMO SOMBRAS, LES CORTAREMOS EL GAZNATE Y TODO ESE VALLE SERÁ NUESTRO, CON SU LUZ ELÉCTRICA PARA VER LAS PECAS DE TU FLACO TRASERO POR LAS NOCHES... CON...

DEMASIADO FÁCIL PARA MI GUSTO. ESTE VIEJO ES UNA CAJA DE SORPRESAS; PRIMERO SE UNE A LA BANDA; SEGUNDO, SABE DE ESE VALLE ESCONDIDO EN PLENA SIERRA, Y POR SI FUERA POCO, CASUALMENTE CONOCE UN CAMINO MILAGROSO PARA BAJAR A ÉL... ¿NO ES DEMASIADO SABER?
MUÉRDETE LA LENGUA, CULEBRA. ¡ASÓMATE AL VALLE, LUCHA POR ÉL O LÁRGATE, PERO NO HAGAS PREGUNTAS QUE NO VOY A CONTESTAR NI A TI NI A NADIE!
YO QUE TÚ NO LO HARÍA, CULEBRA. SI DESCUBRE QUE HAS TOCADO SUS COSAS, ES CAPAZ DE CORTARTE LAS MANOS.
A ESOS VIEJOS LES GUSTA DEMASIADO RECORDAR LA "BUENA ÉPOCA", ESTÁN LLENOS DE RENCORES Y MISTERIOS, Y A MÍ ME GUSTA SABER CUÁL ES EL JUEGO.
¡TRONCHO! YO TAMBIÉN RECUERDO COSAS... ¿TE HE HABLADO ALGUNA VEZ DE LOS DIBUJOS DE TOM Y JERRY?
ESCUCHA, TOMI, TÚ Y YO SABEMOS MUY BIEN DE QUÉ VA ESTE MUNDO, NO HEMOS CONOCIDO OTRA VIDA Y TENEMOS POCAS PESADILLAS POR LAS NOCHES; PERO LOS TÍOS COMO HOMBRE VAN CARGADOS POR EL ODIO...
...DE TODO LO QUE PERDIERON Y ESO LES HACE MUY PELIGROSOS... ASÍ QUE NO ME HABLES DE TOM Y JERRY O PENSARÉ QUE ERES UNO DE ELLOS.
¿ME SIENTES, HERRERA... ME SIENTES?
CULEBRA LEE A LA LUZ DE UNA VELA EL LIBRO DE NOTAS ROBADO DE LA MOCHILA DE HOMBRE.
TE ESTÁS JUGANDO LA PIEL POR ESE LIBRO Y NI SIQUIERA ESTOY SEGURO DE QUE SEPAS LEERLO.
TU PADRE TE ENSEÑÓ A FUMAR DROGA, EL MÍO A LEER... ESCUCHA... "HOY NO HE IDO AL INSTITUTO, HAY HUELGA GENERAL, Y LA POLICÍA HA ACORDONADO NUESTRA MANZANA..."

La multitud ha tumbado los coches, pero a nadie le ha importado, desde hace unos meses ya no hay gasolina y se están pudriendo en las calles.
LUCHAREMOS CONTRA EL CIERRE DE FÁBRICAS
NO AL RACIONAMIENT DE GASOLINA.
Mi padre está muy preocupado, cada día es más difícil conseguir alimentos frescos y las conservas se pagan a precios de oro en el mercado negro.
Esta noche nos ha hablado del miedo que tienen todos a perder las comodidades por las que tanto han luchado.
Ya no funciona la calefacción central, nos calentamos con un brasero de bolas de carbón.
La televisión sólo funciona tres horas al día y casi siempre son noticias oficiales ...las de hoy han sido muy graves.
CONSIDERAMOS SUICIDA LA MANIOBRA POLITICA DE LOS ESTADOS UNIDOS DE AMÉRICA DE NEGAR A EUROPA LOS SUMINISTROS DE URANIO INDISPENSABLES PARA EL MANTENIMIENTO DE LAS CENTRALES NUCLEARES, SOBRE TODO SI SE APOYAN EN EL ARGUMENTO DE SU POSIBLE USO CON FINES MILITARES.
ESTE GOBIERNO TOMARA LAS MEDIDAS OPORTUNAS PARA QUE DICHA DECISIÓN SEA REPLANTEADA EN LAS NACIONES UNIDAS.
NECESITAREMOS UNAS CUATRO HORAS PARA BAJAR, PASA LA ORDEN DE QUE NADIE HABLE.
CUENTA CON QUE CONDUCES A LA VICTORIA A UNA PARTIDA DE SORDOMUDOS.
TENDREMOS QUE ESPERAR EN ESTA CUEVA HASTA QUE AMANEZCA. SI LES ATACÁRAMOS AHORA, TENDRÍAN TODA LA VENTAJA. TENEMOS QUE COGERLOS FUERA DE LA CASA DE PIEDRA, REUNIDOS EN EL BARRACÓN DE MADERA DONDE COMEN.
CUENTA QUE LES CORTAREMOS LA DIGESTIÓN... VOSOTROS HACED SITIO A LOS QUE BAJAN...

¿CUÁNTOS CALCULAS QUE HAY?
CONTÉ HASTA CINCUENTA. LOS QUE DUERMEN EN LOS BARRACONES NO CUENTAN, SON SUS ESCLAVOS Y NO TIENEN ARMAS. NI NOSOTROS SE LAS DAREMOS A NO SER QUE NOS VAYA MUY MAL.
ME GUSTARÍA SABER CUÁL ES TU PRECIO EN ESTA PARTIDA... NO CREO QUE LO HAGAS POR VERNOS LOS DUEÑOS GORDOS Y LUSTROSOS DE ESTE VALLE.
UNA VEZ VIVIÓ UNA NIÑA QUE SE LLAMABA MAFALDA, SIEMPRE SUPO DEMASIADO Y ESO NO LE AYUDÓ A CRECER... ¡VETE A DORMIR, CULEBRA!
Ya nadie niega la posibilidad de una guerra. Tal vez por ello, ninguno del grupo ha puesto obstáculos al plan de mi padre de salir de la ciudad y hacer habitable un pequeño valle perdido en la sierra. Sólo Herrera, el miembro del grupo que financia nuestra huida, discute constantemente con él.
TENEMOS QUE SER REALISTAS... DE QUÉ NOS SERVIRÁ SOBREVIVIR EN ESE VALLE, SI NO PODEMOS DEFENDERLO CON LAS ARMAS EN UN MOMENTO DADO. ¿O ES QUE CREES QUE SOMOS LOS ÚNICOS QUE VAMOS A ABANDONAR ESTA RATONERA?
¡EN ESTE GRUPO NO LLEVAREMOS ARMAS! HUIMOS DE UN INFIERNO, NO VAMOS A CREAR OTRO... NADIE ENCONTRARÁ EL VALLE, ESTÁ EN UN PÁRAMO DESOLADO, NADIE BUSCARÁ COMIDA EN UNA ZONA ASÍ.
YO INVIERTO MI DINERO POR UNA SEGURIDAD, NO POR LLEVAR ADELANTE UN SUEÑO, Y QUIERO QUE LO RECUERDES SIEMPRE.
Hace seis días que dejamos atrás la ciudad. Teníamos miedo de que se cumpliera el rumor y el ejército cerrara sus salidas para evitar una desbandada al campo en busca de comida. Los campesinos han formado grupos armados y vigilan sus campos mirándonos con odio.

NOS DIVIDIREMOS EN SEIS GRUPOS DE TRES HOMBRES. DOS PARA LAS CASAMATAS QUE CIERRAN LA ENTRADA AL VALLE; SERÁ TODO MÁS FÁCIL; NO ESPERAN UN ATAQUE POR LA ESPALDA Y NO LES DAREMOS TIEMPO A REACCIONAR... USAD LOS CUCHILLOS CON ELLOS. LOS OTROS CUATRO PASAREMOS EL PUENTE, DOS PARA NEUTRALIZAR LAS TORRES Y EL RESTO PARA ATRAPARLOS EN EL BARRACÓN. NI UNO SÓLO TIENE QUE LLEGAR A LA CASA DE PIEDRA, NO LOGRARÍAMOS SACARLOS DE ELLA SIN CONTAR CON ARMAS PESADAS.
NI TU MISMÍSIMO JOHN WAYNE LO HABRÍA HECHO MEJOR... ¡CÁMARAS, ACCIÓN!
¡TE HAS ATIBORRADO DE DROGA, ESTÚPIDO, ESPERO QUE TE DESPEJES CUANDO EMPIECEN A TIROTEARTE!... YO VOY A POR UNA DE LAS CASAMATAS.
RAPIDAMENTE CULEBRA SE ACERCÓ A SU OBJETIVO.
MIRA, CULEBRA... ESTÁN CRUZANDO EL PUENTE.
¡DAD LA ALARMA! ¡DAD LA ALARMA!... ¡HAY UN GRUPO DE TÍOS CORRIENDO HACIA LA CASA DE PIEDRA!
NO DEIS LA ALARMA, ESTÚPIDOS... ¡TODO ES UN JUEGO!

! ?!
¡UN JUEGO DE NIÑOS MALOS!
RAAATATATATA
¡TODOS A LA CASA!
¡AMETRALLAD LAS TORRES... AMETRALLADLAS!
BANG! BANG!
BOOMMMMMMMM!!!
BAMG!
TA!
RATA-TA
PAM
¡TRONCHO! ¡LES HEMOS VOLADO LAS DOS CASAMATAS Y DEJADO FUERA DE ACCIÓN LAS TORRETAS... PERO LOS DE LA CASA NO VAN A ASOMAR EL HOCICO!
RA-TA-TA-TA-TA-T
¡CUIDADO! ¡AL SUELO!
¡MADRE!
NOS VAN A ACHICHARRAR CÓMODAMENTE DESDE SUS MADRIGUERAS... ¡TRONCHOS! ¡NO DEJO DE HABLAR COMO UN HÉROE ESTÚPIDO DE PELÍCULA DE GUERRA Y ME ESTOY MEANDO ENCIMA!

TÚ NOS HAS METIDO EN ESO, VIEJO... ESAS VACAS NO VALEN TANTA SANGRE... ¿CÓMO VAS A SACARNOS DE AQUÍ?
TE CREÍA MÁS DURO, TOMI... TENEMOS QUE ACABAR CON ELLOS ANTES DE QUE SE ORGANICEN. SI SE CALMAN, ESTAMOS PERDIDOS.
¡MIRAD... LLEGAN REFUERZOS!
RATA-TA-TA
TRA-TRA-
BAMG!
BAN!
¡HOLA, HOMBRES!... ¿QUÉ TAL OS VA LA FIESTA?
¿QUIÉNES SON ELLOS? DEBERÍAS HABER LLEGADO CON LA CABALLERÍA, NO CON UNA BANDA DE MENDIGOS.
LOS TENÍAN ENCERRADOS COMO GANADO EN AQUELLA BARRACA Y LOS HE SACADO A PASEAR... ¡ESCUCHAD! UNO DE ELLOS TIENE UN PLAN PARA SACARLOS DE LA CASA... TÚ, VEN, ACÉRCATE.
¿VAS A HABLAR O QUÉ?
ES MUY SENCILLO, SI NOS CUBRÍS CON VUESTRAS ARMAS, PODREMOS LLEGAR HASTA AQUELLA CASETA, EN ELLA ESTÁN LOS TRANSFORMADORES QUE REGULAN EL VOLTAJE DE ENERGÍA DE LAS PLACAS SOLARES. SI AUMENTAMOS SU POTENCIA, LOGRAREMOS INCENDIAR LOS SISTEMAS ELÉCTRICOS DE LA CASA GRANDE... ¡TENDRÁN QUE SALIR!
ERES UN TÍO LISTO ... PERO ¿CÓMO SABEMOS QUE NO DELIRAS?
YO MISMO MONTÉ LOS SISTEMAS HACE MUCHOS AÑOS, DEMASIADOS, DESDE ENTONCES SÓLO SUEÑO CON DESTRUIR ESTE MALDITO VALLE.

ESTÁ BIEN, INTÉNTALO... NOSOTROS TE CUBRIREMOS.
MÍRALOS CÓMO CORREN... ¡ESTÁN LOCOS! TODOS LOS TÍOS DE TU GENERACIÓN ESTÁN LOCOS, HOMBRE.
NO MALGASTÉIS MÁS MUNICIÓN, HAY QUE ESPERAR... SIEMPRE HAY QUE ESPERAR.
Esta noche conseguimos que funcionen por primera vez los paneles solares. Se acabó el alumbrarnos por la noche con fogatas. A partir de ahora, gracias a la electricidad, podremos avanzar más rápido y terminar la casa de piedra.
Hoy ha vuelto Tomás, no podrá traer más piezas de recambio de la ciudad, se ha declarado una epidemia de cólera y es imposible entrar en ella. Nos ha contado que los caminos están llenos de desertores del ejército que han formado bandas armadas que asolan las granjas y los pueblos en busca de comida.
NO CONVIRTAMOS NUESTRA PREVISIÓN EN ESTUPIDEZ. EL PAÍS ESTÁ EN ESTADO DE GUERRA. ES NECESARIO ELEGIR A UN LÍDER CAPAZ DE DEFENDER ESTE VALLE CON LAS ARMAS... Y TÚ, LUIS, ERES UN POBRE IDEALISTA QUE NUNCA HA VALORADO EL PODER QUE ESTAS TIERRAS Y EL MATERIAL QUE POSEEMOS REPRESENTA AHORA QUE TODO SE HUNDE DEFINITIVAMENTE.
¡ERES UN CERDO, HERRERA, UN MALDITO CERDO!
Y TÚ UN INGENUO, MI QUERIDO AMIGO.

Todo se ha venido abajo. Herrera repartió las armas entre los suyos y mataron a quienes se les opusieron. Estamos levantando una casamata para cerrar el valle, somos sus esclavos... no se respeta a las mujeres. Mi padre tiene un plan para escapar, lo que ocurre fuera del valle no será peor que la vida que nos aguarda aquí.
¡ESTÁ SALIENDO HUMO DE LA CASA DE PIEDRA!
PREPARAOS, LOS IREMOS CAZANDO SEGÚN VAYAN SALIENDO, QUÉ LINDO TIRO AL BLANCO... ¡YUUUUPPIIIII!
¡NO, QUIETOS TODOS!
PERO ¿QUÉ TE PASA, HOMBRE? ESTO ES UNA GRAN FIESTA, NO ME DIGAS QUE TIENES ESCRÚPULOS DE CONCIENCIA, QUE ERES UN VIEJECITO TARADO.
DENTRO DE LA CASA HAY UN HOMBRE QUE ME PERTENECE, ¿COMPRENDES? DEJADLOS SALIR EN PAZ Y DESARMADLOS.
PERO ¿QUÉ MALA COMEDIA ES ÉSTA? ESTÁS LOCO, HOMBRE, ¡TODOS ESTÁIS LOCOS!

LOS RECUERDOS DEL HOMBRE VUELVEN A SU MENTE...
¡¡VAN POR ALLÍ... DISPARADLES!!
¡MADRE, MADRE!
VETE, HIJO, LLEGA A LA GRIETA Y ESCAPA... ¡¡ESCAPA!!
BANG! BANG
VOLVERÉ, PADRE, TE JURO QUE VOLVERÉ A VENGARTE.
¿Y HERRERA? ...¿DÓNDE ESTÁ HERRERA?
¿HERRERA? ... NO SÉ, NO RECUERDO.
¿DÓNDE SE ESCONDE? ¡DÍMELO O TE MATO!
ESTÁS PERDIENDO EL TIEMPO. EL HERRERA QUE BUSCAS MURIÓ ASESINADO UNOS DÍAS DESPUÉS DE QUE MATARA AL PROFESOR MUÑOZ Y A SU FAMILIA CUANDO INTENTABAN ESCAPAR. DESDE ENTONCES HA HABIDO MUCHOS HERRERAS EN ESTE VALLE Y TODOS HAN MUERTO DE LA MANO DE LA VIOLENCIA.

YA NO HAY LUGAR EN ESTE MUNDO PARA VENGANZAS, SOLO TIEMPO PARA VIVIR Y MORIR. TÚ HAS VUELTO A ESTE VALLE TRAÍDO POR UN SUEÑO INÚTIL Y SANGRIENTO.
¡¡CORCHO!! ¿TÚ ENTIENDES ALGO?
TOMI, HAS AGUANTADO MUCHOS ROLLOS DE LOS VIEJOS, PERO TE PERDISTE SU MENSAJE... AHÍ VA ANDANDO UN VENGADOR FRUSTRADO CON SUS SUEÑOS DE JUSTICIA, Y NO SÉ SI REÍR O LLORAR.
TOMI TIENE UN BUEN LÍO, HOMBRE, ESTE VALLE ES UN INFIERNO... NO SABE QUÉ HACER CON LOS PRISIONEROS, SI MATARLOS O HACERLOS ESCLAVOS... Y NO SABE QUÉ HACER CON LOS ESCLAVOS, TIENEN ARMAS DE LOS MUERTOS Y NO VAN A SOLTARLAS... EL VALLE TIENE UN NUEVO HERRERA... ¿SE TE OCURRE ALGO?
LÉETE UN LIBRO DE HISTORIA, TAL VEZ ENCUENTRES UNA BUENA RESPUESTA.
HABLANDO DE LIBROS, SE CAYÓ DE TU MOCHILA EN LA LUCHA... TIENES UN BONITO NOMBRE.
¿ES QUE NO HAS APRENDIDO BASTANTE HOY, CULEBRA? ¡ÉSTE NO ES UN MUNDO DE NOMBRES BONITOS, SÓLO DE HOMBRES, PENSAR OTRA COSA ES UNA ESTUPIDEZ!

SEGÚN AQUEL VIEJO MAPA DE CARRETERAS, EL PUENTE QUEDABA A UNAS JORNADAS DE MARCHA. SI AÚN SE AGUANTABA EN PIE, ME AHORRARÍA UN LARGO RODEO... AUNQUE ESO NO TENÍA DEMASIADA IMPORTANCIA, NADIE ME ESPERABA AL FINAL DEL CAMINO.
© JOSE ORTIZ
QUIETO... ¡¡QUIE... TOOOO!!
NO ERA UNA SERPIENTE LO QUE HABÍA ASUSTADO AL CABALLO... ¡AQUELLO! HABÍA SIDO EN OTROS TIEMPOS UN BELLO ANIMAL... ANTES DE QUE ALGUIEN SE ENSAÑARA CON ÉL HASTA CONVERTIRLO EN UNA PILTRAFA.
AQUELLO ERA UN PERRO.
PERRO
UNA HISTORIA DE
HOMBRE
por JOSE ORTIZ.
A. SEGURA.

LO SIENTO, HERMANO, PERO TAL COMO ESTÁS LO ÚNICO QUE PUEDO HACER POR TI ES REMATARTE.
CLIK!
AQUEL ANIMAL NO QUERÍA MORIR... SÓLO EL ODIO LO MANTENÍA CON VIDA... PERO NO QUERÍA MORIR.
Y, CON LAS TRIPAS ESCAPÁNDO-SELE POR LA HERIDA, SALTÓ HACIA MI CUELLO.
ESTÁ BIEN, PERRO ASESINO, TÚ GANAS... TE HARÉ UN BUEN REMIENDO Y VIVIRÁS... TE PARECES DEMASIADO A MÍ PARA NO DAR-TE UNA OPOR-TUNIDAD.

¡MALDITO PERRO!...SE SUPONE QUE TENDRÍAS QUE ESTAR LAMIÉNDOME LAS MANOS Y NO GRUÑÉNDOME CONSTANTEMENTE. DESPUÉS DE TODO ESTÁS...
...TERMINANDO CON TODAS MIS PROVISIONES.
HACE AÑOS TUVE UN PERRO COMO TÚ... ESTALLÓ LA GUERRA DEL HAMBRE Y UN DÍA MI PADRE LO MATÓ Y NOS LO COMIMOS. PUEDES CREERME QUE LO SENTÍ, PERO NO POR ELLO DEJÉ DE MASTICAR.
TODO SE HUNDIÓ CUANDO LA ÚLTIMA MÁQUINA SE DETUVO AL FALTAR LA ENERGÍA QUE LAS HACÍA FUNCIONAR. LOS PACÍFICOS Y HONRADOS CIUDADANOS SE CONVIRTIERON EN BESTIAS ATERRADAS, APELOTONADOS EN SUS CIUDADES MUERTAS ...LLEGARON LAS MATANZAS, EL SAQUEO, EL HAMBRE...
YO TUVE MUCHA SUERTE, SÓLO ME COMÍ A MI PERRO, OTROS SOBREVIVIERON DEVORANDO A SU PROPIA MADRE... PERO TÚ NO ENTIENDES NADA, SÓLO SABES GRUÑIRME.
EL PUENTE SEGUÍA EN PIE, PERO LO QUE VEÍA JUNTO A ÉL NO LE GUSTABA DEMASIADO.
GRRR..
¡VAMOS, PERRO, NO TE PARES! ESOS TIPOS NO SERÁN PEORES QUE TÚ O QUE YO.

¡PARA, AMIGO! SI QUIERES CRUZAR ESTE PUENTE VAS A TENER QUE VACIARTE LOS BOLSILLOS Y PAGAR NUESTRA TARIFA SIN CABREOS.
NADA MÁS LEJOS DE MI INTENCIÓN QUE CREARTE PROBLEMAS... ¿QUÉ TE PARECEN DOS LATAS DE CONSERVAS COMO PAGO?
¡MIRA, AMADEO ...ES KALMUKO, TU PERRO!... ¡ESTÁ VIVO!
¿QUÉ MIERDA ESTÁS DICIENDO?... A AQUELLA BESTIA LA DEJÉ BIEN MUERTA EN EL CAÑÓN.
TÚ Y TUS PERROS... ME TIENES HARTA CON TUS MALDITOS PERROS.
¡MALDITA SEA... ES ÉL, EL KALMUKO!
CUIDADO, GORDO, ESE PERRO ES AHORA COSA MÍA.
GRRRR
¡CÁLLATE, ESTÚPIDO!

¡BANG! ¡BANG!
¡BANG!
¡NO LO MATES!... LE HAREMOS JUGAR... SÍ, HAREMOS QUE JUEGUE Y PIERDA.
EL TIEMPO QUE TE QUEDA DE VIDA DEPENDE DE LO RÁPIDO QUE PUEDAS CORRER... PERO NO TE EQUIVOQUES, MI PERRO TE ENCONTRARA... Y ENTONCES, TENDRAS TU ÚLTIMA EXPERIENCIA.
ESTA SANGRE APESTA... HASTA YO MISMO SERÍA CAPAZ DE SEGUIRLE EL RASTRO.
¿QUIERES VER LO QUE TE HARÁ MI PERRO? ... ¡¡MÍRAME, BASTARDO!!
ESTO ES LO QUE ME HIZO KALMUKO... A MÍ, A SU DUEÑO... ESCUCHA, PRIMERO DEJARÉ QUE MI PERRO TE DESPEDACE Y LUEGO SALDRÉ A CAZARLO, POR DOS VECES ME VENGARÉ DE ÉL, Y ESTA VEZ LO ESTRANGULARÉ LENTAMENTE CON MIS PROPIAS MANOS... ¡SAL CORRIENDO O TE MATO AQUÍ MISMO!

¡CORRE. ESTÚPIDO ...CORRE!
HOMBRE NO ESTABA SOLO.

GREEEEEEGG...!
IIIIIHG!
MIS MANOS... TENGO QUE DESATARME LAS MANOS...
¡¡AAAAGG!!
BAM!

¡¡CUIDADO, AMADEO!!... ¡SÓLO TE QUEDA UN CARTUCHO, ELIGE BIEN! QUIEN QUEDE VIVO... ¡¡TE MATARÁ!!
... CONMIGO PUEDES LLEGAR A UN ACUERDO... ¡CON ÉL, NUNCA!
PERRO GRUÑÓ, ME HABÍA COMPRENDIDO... LOS DOS ÉRAMOS IGUALES Y UNO DE LOS DOS TENÍA QUE MORIR...
BAM!
PARA QUE EL OTRO PUDIERA VENGARLO...
AQUELLA ERA UNA RARA SENSACIÓN... ESTABA VIVO, HABÍA SOBREVIVIDO Y SIN EMBARGO NO SENTÍA NADA... DEJÉ QUE LA CORRIENTE SE LLEVARA SUS CUERPOS...
ENTRÉ EN EL BOSQUE, DOS HOMBRES SE MOVÍAN SILENCIOSAMENTE ENTRE SUS ÁRBOLES... ERA LA HORA DE LA CAZA.

¡AMADEO!... ¡CONTÉSTAME...! ¿DÓNDE ESTÁS?
NO ME FÍO UN PELO DE ÉL, ESTÁ ENLOQUECIDO DESDE QUE KALMUKO LE DESTROZÓ LA CARA.
¡TIRAD LAS ESCOPETAS Y VOLVEOS LENTAMENTE...!
...SOMOS DOS...
BAN! BAN!
BAN! BAN!
EL JUEGO HABÍA TERMINADO Y ELLOS HABÍAN PERDIDO.

CON ESE VESTIDO NO PUEDE LLEVAR OCULTA NINGÚN ARMA MÁS QUE SU LENGUA, ASÍ QUE DEJARÉ QUE SE ACERQUE.
TE HE PREPARADO ALGO DE COMIDA... AHORA TÚ ERES EL DUEÑO DE TODO ESTO... YO... YO VOY UNIDA A LA CASA Y EL NEGOCIO, SIEMPRE HA SIDO ASÍ Y SEGUIRÁ IGUAL CUANDO ALGUIEN TE MATE Y OCUPE TU LUGAR EN MI CAMA.
CALMATE, MUJER, NUNCA HE SIDO EL DUEÑO DE NADA Y ES DEMASIADO TARDE PARA EMPEZAR... TE LO DOY TODO A CAMBIO DE UNA RESPUESTA...
¿QUÉ ES LO QUE PASÓ ENTRE EL PERRO Y TU HOMBRE?
AMADEO LO ADIESTRÓ PARA EL JUEGO, LE OBLIGÓ CON SU BRUTALIDAD A RASTREAR Y MATAR, HIZO DE ÉL UN PERRO ASESINO. UN DÍA, KALMUKO SE REBELÓ Y LE ATACÓ... PREFIRIÓ MORIR ANTES QUE SEGUIR MATANDO... ¿QUÉ PASÓ EN EL BOSQUE?
NO LE CONTESTÉ... ELLA NUNCA PODRÍA COMPRENDER QUE EL PERRO Y YO ÉRAMOS IGUALES, PERO SÓLO UNO HABÍA ENCONTRADO LA PAZ EN EL BOSQUE.

HOMBRE
-SU PESO EN ORO-
Dibujos J. ORTIZ
Guion A. SEGURA.
ESTABA BUSCANDO UN LUGAR CERCA DEL RÍO DONDE ACAMPAR Y ASAR MI CENA, CUANDO ESCUCHÉ EL CHAPOTEO.
© JOSE ORTIZ
VAYA... VAYA...
"LA LIMPIEZA ES COSA SANA"... LE DIJO EL OBISPO A LA CORISTA.
¡DIOS MÍO!

VAMOS... NO TENGAS MIEDO, NO VOY A...
¡OH!
CUANDO RECOBRÉ EL CONOCIMIENTO, SENTÍ CÓMO MI CABEZA SE PARTÍA EN MIL PEDAZOS... PERO NO PODÍA QUEJARME, ME HABÍAN DESCALABRADO PARA DESPUÉS CURARME.
ME HABÍAN DEJADO EL RIFLE Y LA MANTA Y A CAMBIO DE TANTA GENTILEZA SÓLO SE HABÍAN LLEVADO EL CABALLO Y MI CENA...
HUBIERAIS HECHO MEJOR MATÁNDOME... YO NO SERÉ TAN GENEROSO.

AQUELLO EMPEZABA A SER SOSPECHOSO... PODÍAN HABER INTENTADO OCULTAR LAS MARCAS DE LOS CASCOS CAMINANDO POR EL RÍO, Y SIN EMBARGO NO SE HABÍAN SEPARADO DE AQUEL SENDERO EMBARRADO... O ERAN UNOS INGENUOS, O...
¿...QUÉ?...
MIRA, JUAN, UN HOMBRE ARAÑA.
TE EQUIVOCAS, HERMANO, MÁS BIEN ES UNA PERA DANZARINA.
VAMOS A DESCOLGARLE, PARECE QUE YA ESTÁ MADURO Y DE TODAS FORMAS NO ES CRISTIANO DEJAR SUFRIR AL PRÓJIMO.

BANG
PERDONE LO RUDO DEL DESCENSO, SEÑOR, PERO TENEMOS MUCHA PRISA.
ASÍ ES, SEÑOR, BUSCAMOS A UNA MUCHACHA MORENA MUY JOVEN Y A UN VIEJO QUE LE ACOMPAÑA... SON UN PAR DE ASESINOS... AUNQUE EN ESTOS TIEMPOS TODOS LO SOMOS UN POQUITO... ¿NO?
QUIETO, SEÑOR... QUEREMOS OÍR FUNCIONAR SU LENGUA, NO SU RIFLE.
¿LOS VIO O QUÉ?... VAMOS, CONTESTE, ESTÚPIDO.
PUES CLARO QUE LOS HA VISTO ...¿QUIÉN SI NO LE HUBIERA HECHO ESTE VENDAJE TAN BONITO...? ¿POR DONDE SE FUERON? CONTESTA O TE VUELO LA CARA.
PROCURA NO MANCHARTE, PEDRO, EL SESO HUELE MUY MAL.
ME ROBARON EL CABALLO, ESTABA SIGUIENDO SUS HUELLAS CUANDO CAÍ EN ESA TRAMPA... SÓLO VI A LA MUCHACHA.
ASÍ SE HACE, SEÑOR... VALE, PEDRO, PÉGALE UN TIRO Y VÁMONOS.
ADIÓS, SEÑOR, LES DAREMOS RECUERDOS DE SU PARTE.

¡BAMB!
DÉJALE EL RIFLE, QUE SE PUDRA CON SUS HUESOS... TRAE MALA SUERTE USAR LAS ARMAS DE LOS MUERTOS... MORIR SIEMPRE TRAE MALA SUERTE.
ESPERÉ A QUE SE ALEJARAN SIN MOVER UN SOLO MÚSCULO, INTENTANDO COMPRENDER POR QUÉ NO ESTABA MUERTO, Y ALEGRÁNDOME POR ELLO.
AQUELLAS BALAS ERAN DE FOGUEO... LA MUCHACHA Y EL VIEJO HABÍAN JUGADO SOBRE SEGURO DEJÁNDOME DESARMADO... PERO TAMBIÉN ME HABÍAN SALVADO LA VIDA SIN SABERLO.
TENÍA QUE ENCONTRARLES ANTES QUE LOS DOS HERMANOS... Y CON ESTE PENSAMIENTO CRUCÉ EL RÍO, AJENO AL DOLOR QUE DESGARRABA MI CUERPO.

...¡EHHH!... ¿QUIÉN ANDA AHÍ?
UN SOLO GRITO Y TE PARTO EL CUELLO...
¡¡SUELTA A MI PADRE, BESTIA!!... NI ÉL NI YO PODEMOS HACERTE NINGÚN DAÑO... ¡¡SUÉLTALO TE DIGO!!
SOSTÉN AL NIÑO Y PROCURA QUE NO SE TE CAIGA... TE PREPARARÉ UN POCO DE COMIDA CALIENTE... TIENES TIEMPO DE SOBRA PARA DECIDIR CÓMO NOS VAS A ASESINAR... PERO ANTES TENDRÁS QUE ESCUCHARME.
¡?

CUANDO EL EJÉRCITO, O LO QUE QUEDABA DE ÉL, CERCÓ LA CIUDAD PARA EVITAR QUE ESCAPÁRAMOS AL CAMPO EN BUSCA DE ALIMENTOS, ESTALLÓ LA EPIDEMIA DE CÓLERA... SÓLO QUEDAMOS UNOS CIENTOS, ENFERMOS Y ASUSTADOS...
YO TUVE MUCHA SUERTE... MI PADRE ERA UNO DE LOS POCOS MÉDICOS QUE HABÍAN SOBREVIVIDO, UN ELEGIDO, AQUEL QUE PODÍA CURAR Y SABÍA CÓMO HACERLO... NUNCA NADIE FUE TAN RESPETADO COMO ÉL, NI SUFRIÓ TANTO.
PRONTO LA GENTE SE DIVIDIÓ EN OPRIMIDOS Y OPRESORES, EN ESCLAVOS Y DUEÑOS... TODO TENÍA UN PRECIO, TODO VALÍA SI SERVÍA PARA SOBREVIVIR EN AQUELLA CÁRCEL DE HORMIGÓN... Y ALGUIEN DESCUBRIÓ QUE UN MÉDICO VALÍA SU PESO EN ORO.
MI PADRE NO SUPO DEFENDERSE. SU AMO LO ENCERRÓ EN UN VIEJO SÓTANO Y LE OBLIGÓ A CURAR SÓLO A AQUELLOS QUE PODÍAN PAGAR UN PRECIO CADA VEZ MÁS ELEVADO.
DESDE ENTONCES NOS HAN SUBASTADO, RAPTADO, SE HAN MATADO ENTRE SÍ POR SER SUS DUEÑOS... POR SER LOS AMOS DEL MÉDICO.
¿QUIÉNES SON LOS DOS HOMBRES QUE OS PERSIGUEN?
NUESTROS ÚLTIMOS PATRONES, NOS COMPRARON EN SAN JOSÉ; UNA NOCHE LOGRAMOS ESCAPAR, DESPUÉS TE ENCONTRAMOS A TI... NECESITÁBAMOS UN CABALLO... LO DEMÁS YA LO SABES.

GRACIAS, DOCTOR, GRACIAS POR AYUDAR A NACER A MI HIJO... QUE DIOS LE BENDIGA.
¿QUÉ VA A HACER CON NOSOTROS?
LLEVAROS A CUALQUIER LUGAR DONDE ALGUIEN NECESITE UN MÉDICO Y PAGUE SUFICIENTE POR ÉL.
SOY UNA ESTÚPIDA ... POR UN MOMENTO CREÍ QUE ERAS DIFERENTE A LOS DEMÁS.
NO SEAS INGENUA... TU PADRE ES UN COBARDE INCAPAZ DE LUCHAR POR SU LIBERTAD. SI OS DEJO MARCHAR, CUALQUIER OTRO OS APRESARÁ Y SACARÁ UN BENEFICIO QUE AHORA ES MÍO.
¡¡ESCAPA, PADRE!!... ¡¡ESCAPA!!
¡QUIETA, ESTÚPIDA!... ¿A DONDE CREES QUE VAS?
BANG!

¡¡LE DI!!... ¡¡VISTE COMO LE DI!!
¡HOLA, DOCTOR! ... AHORA MISMO LE TRAIGO A SU HIJITA A SU LADO.
PÁRATE, VÍBORA... ESTA VEZ TE VOY A CORTAR LAS ALAS PARA SIEMPRE.
¡AGÁRRALA DEL PELO Y TÚMBALA!
¡DAME EL RIFLE!... ¡¡MALDITA SEA, DAME EL RIFLE!!
¡¡BASTAAAA!!

¿YA TE CANSASTE, FIERA?...
¡BANG!
¡BANG!
CONTEMPLÉ CON ASOMBRO CÓMO EL BUEN DOCTOR AFERRABA EL RIFLE, Y SUPE QUE YA NUNCA ME LO DEVOLVERÍA.
HABÍAN PASADO YA SUFICIENTES DÍAS PARA QUE EL HUESO DE MI PIERNA SE SOLDARA... EL DOCTOR HABÍA HECHO UN BUEN TRABAJO...
NO SUELTE EL RIFLE, DOCTOR... NO LO SUELTE NUNCA... SÓLO ÉL PROTEGERÁ SU LIBERTAD... BUENA SUERTE A LOS DOS.
EVITÉ MIRAR A ANDREA, NO QUISE VER SUS LÁGRIMAS... AQUELLA MAÑANA SU PELO OLÍA A FLORES... Y YO SÓLO APESTABA A MUERTE.

JOSE ORTIZ Y A. SEGURA

dejad que se acerquen a mí

HOMBRE

¡AYÚDEME...!
ESTABA PREPARANDO UNA TRAMPA PARA CAZAR RATAS, SE ME CAYÓ ENCIMA DE LA PIERNA.
NO TIENES NADA ROTO... ¿CON QUIÉN VIVES?
VAMOS ... NO TENGAS MIEDO.
CON MIS PADRES... EN AQUELLA CASA, LA DEL BALCÓN BLANCO.
LISA PESABA TAN POCO COMO UNA PLUMA Y SU PIEL ERA SUAVE COMO... ¿COMO QUÉ?...
... COMO LA DE UNA NIÑA... QUE CAZABA RATAS PARA PODER COMER.

TIENES QUE EMPUJAR MÁS FUERTE... A VECES SE ATRANCA.
¿Y AHORA QUÉ?
VIVIMOS AL FONDO DEL PATIO... POR ALLÍ.
¡¡PERO QUÉ HUE...!!
¡MALDITA SEA... FUERA, MOCOSOS!...
¡BANG!

AQUELLO NO ERA UN JUEGO... NI UNA BROMA PESADA... ERAN PEQUEÑAS BESTIAS VOLVIENDO DE LA CAZA... Y YO ERA SU PRESA.
¡SERÁ MEJOR QUE ME SOLTÉIS ANTES DE QUE LO HAGA YO...! ¿¡ME ESCUCHAS!?
ORFELINA DE SAN JUAN
CÁLLATE... ¡¡UNA SOLA PALABRA MÁS Y TE MATO!! ¡¡TE MATO!!
LAS CANTIMPLORAS... ¡¡HABÍAN QUEDADO COLGADAS EN EL PORTAL!!
SI LAS VEÍAN, AÚN PODRÍAN SACARME DE AQUEL INFIERNO.
MUERAN ENEMIGOS
Estos son nuestros enemigos

ASÍ QUE ESTA ES LA CARNE QUE HABÉIS CAZADO... UNA CARNE QUE ME MIRA Y QUE SEGURAMENTE HABLARÁ... PERO QUE SÓLO ES UN "ANIMAL" DESTINADO A SER COMIDO.
MAESTRO... ESTE "ANIMAL" DISPARÓ SU ARMA, LOS QUE LE ACOMPAÑABAN DEBEN DE ESTAR BUSCÁNDOLE... DEJÉ A TRES HERMANOS CUIDANDO LA ENTRADA... NOS AVISARÁN SI LLEGAN... ¿HICE BIEN?
¡CHILLA, ANIMAL! ...¡CHILLA!
HICISTE BIEN, LISA... HAY QUE GUARDAR LA **LOBERA**, HAY QUE SER CAUTOS Y ASTUTOS.
PONEDLE LA SILLA. SI NOS ENCUENTRAN, HUIREMOS POR LOS TÚNELES, NECESITARÉ CABALGAR SOBRE EL "ANIMAL".
¿QUÉ ES LO QUE VENDES, VIEJO? ... NO SOY UNA BESTIA DE CARGA NI UN FILETE. SOY UN SER HUMANO COMO TÚ, COMO ESTOS NIÑOS.
¡LO OÍS! ...¡ESCUCHÁIS CÓMO MIENTE!
UNA VEZ YA ME ENGAÑASTEIS... ¡¡CREÍ EN VOSOTROS!! ... ¿DÓNDE ESTABAS CUANDO LOS NIÑOS DE ESTE ORFELINATO MURIERON DE HAMBRE?... SÓLO OS PREOCUPASTEIS DE VUESTRAS FAMILIAS, DE INTENTAR HUIR DE ESTA MALDITA CIUDAD...

NADIE SE PREOCUPÓ DE ELLOS... NADIE CAVÓ SUS FOSAS MÁS QUE YO.
SÓLO YO HE VUELTO A REUNIRLOS... LOS HE ENCONTRADO ABANDONADOS ENTRE LOS ESCOMBROS ...LOS HE EDUCADO, LES HE ENSEÑADO A SOBREVIVIR... LES HE HABLADO DE LA GUERRA... DEL ODIO...
DE LOS NIÑOS O DE SUS HERMANOS ACHICHARRADOS POR EL NAPALM, DE LOS GASEADOS, DE LOS DESTRIPADOS POR LAS BOMBAS...
VOSOTROS YA NO CONTÁIS ...¡SÓLO SOIS COMIDA PARA ELLOS!... **¡ANIMALES SIN ALMA!**
¿Y TÚ QUÉ HAS CREADO?... ¿QUÉ SON ESTOS NIÑOS?
SERES CAPACES DE DEFENDERSE ...POR PRIMERA VEZ TIENEN UNA OPORTUNIDAD... DE MORIR...
¡¡HAN ENTRADO, MAESTRO!! ...¡¡VIENEN HACIA AQUÍ!!

JI, JI, JI...
ESTO NO
ME GUSTA
NADA...
¡¡ CUIDADO!! ...
HAY ALGUIEN ES-
CONDIDO EN LA
COLUMNA.
NO TE
PREOCUPES,
TE ESTAMOS
CUBRIENDO...
JI, JI, JI...
SI TE MUEVES,
TE FRÍO...
TE LO JURO...
¡ ES UN
NIÑO... SÓLO
ES UN
NIÑO!
¡NO...!
¡BANG!
¡BANG!
¡BANG!

¡BANG!
¡BANG!
¡TENEMOS QUE LLEGAR A LA COMPUERTA!... ÁNIMO, HIJOS... UN POCO MÁS...
ES UNA LOCURA ENTRAR EN ESE LABERINTO... Y DA LO MISMO, YA LO HAN MATADO.
TENGO UNA IDEA... AYÚDAME A ABRIR EL PASO DEL AGUA, VAMOS A INUNDARLO... TENDRÁN QUE SALIR SI NO QUIEREN AHOGARSE.
¡YUPIIIII! ...ESTO FUNCIONA.
¡ES AQUÍ, MAESTRO!... LA COMPUERTA.

NO PUEDO... NO PUEDO...
SUELTA LOS ARREOS... TENGO QUE ABRIR LA COMPUERTA... VAMOS A MORIR TODOS...
¡NO!... HAY OTRAS COMPUERTAS... NO CONFIARÉ DE NUEVO EN VOSOTROS ...NUNCA LO HARÉ.
DÉJALO... ÉL ES BUENO... DÉJALO...
...¡MAESTRO!
SALTA, LISA... CÓGETE A MI MANO.

TIENES QUE SALTAR, LISA, LA CORRIENTE ME ARRASTRARÍA... POR FAVOR, LISA... CONFÍA EN MÍ...
AÚN NO ES TARDE PARA CAMBIAR... PODEMOS HACERLO... SALTA... CONFÍA EN MÍ.
¡¡NOOOOOOOOOOO!!

JOSE ORTIZ Y A. SEGURA
MOISÉS
HOMBRE
LOS SERES HUMANOS ENCERRADOS EN EL MISERABLE **GUETO** EN QUE SE HABÍA CONVERTIDO LA CIUDAD SÓLO CONTABAN PARA SOBREVIVIR CON LOS ESCASOS SUMINISTROS DE VÍVERES QUE LES ENTREGABA EL EJÉRCITO... RACIONES DE HAMBRE DESTINADAS TAN SÓLO A ALARGAR SU LENTA AGONÍA.
©JOSE ORTIZ.
PRONTO APARECIERON LOS **MERCADOS NEGROS**, Y CON ELLOS LOS HOMBRES QUE, BURLANDO EL CERCO DE LAS TROPAS, TRAÍAN DEL EXTERIOR SU CONTRABANDO DE ALIMENTOS.
ESPERO QUE LA CARNE AGUANTE SIN PUDRIRSE HASTA QUE LA PODAMOS VENDER.
NO TE PREOCUPES, ESTÁN ACOSTUMBRADOS A TRAGAR COSAS PEORES... JE, JE, JE... YO CONOZCO A UN TIPO QUE SE COME LAS...
¡NOS HEMOS CAÍDO CON TODO EL EQUIPO!
¡ALTO!... UN SOLO MOVIMIENTO Y SOIS HOMBRES MUERTOS.
¡IROS A PASTAR FANGO!... ESTAMOS DENTRO DE LA CIUDAD Y AQUÍ NO TENÉIS AUTORIDAD PARA...
BANG
BANG

¡CAZAD AL BASTARDO! ...¡QUE NO ESCAPE!
¡AQUÍ!... SE HA METIDO EN ESTA FINCA...
AQUELLO ERA UNA RATONERA... Y NUNCA HABÍA A-PRENDIDO A VOLAR DECENTEMENTE.
PERO NO HABÍA OTRA SOLUCIÓN QUE INTENTARLO.

PARIDAD
MIRAD QUIÉN LLEGA...
¿Y AMADEO ...DÓNDE ESTÁ?
UN MUNDO FELIZ CON Coca-Cola
MUERTO... LAS TROPAS NOS CAZARON DENTRO DE LA CIUDAD, NO PUDIMOS HACER NADA.
ASÍ QUE HAS PERDIDO TODA LA CARGA...¿NO?
¡A LA MIERDA LA CARGA!... CASI ME CUESTA LA PIEL... ¿QUÉ ES LO QUE PASA? ¿DESDE CUÁNDO EL EJÉRCITO ENTRA EN LA CIUDAD?
MALDITAS CUCARACHAS... CREO QUE ME HE COMIDO UNA.
TÚ, ATIZA EL BRASERO... QUE ME ESTOY QUEDANDO HELADO.
ESTÁN PASANDO MUCHAS COSAS QUE NO SABES... COSAS QUE NOS ESTÁN HUNDIENDO EL NEGOCIO...
HAY UN TÍO... UN TAL MOISÉS, QUE ESTÁ ALBOROTANDO A LA GENTE, COMIÉNDOLES EL COCO... EL EJÉRCITO ALGO DEBE DE SABER Y COMO PRIMERA MEDIDA HAN DOBLADO LAS PATRULLAS Y SE CARGAN A TODO EL QUE SE MUEVE EN EL PERÍMETRO AMARILLO.
COMO CUCARACHAS, SE LOS CARGAN COMO CUCARACHAS... YA LLEVAMOS TRES ENVÍOS PERDIDOS, NADIE SE ATREVE A PASAR EL CERCO.
TENEMOS QUE ELIMINAR AL TAL MOISÉS, HASTA QUE NO LE DEMOS TIERRA EL EJÉRCITO NO NOS DEJARÁ EN PAZ... ASÍ QUE UNO DE LOS AQUÍ PRESENTES TIENE QUE CORTARLE EL GAZNATE. QUE SEA LA SUERTE QUIEN DECIDA.
¿QUIÉN SACA LA PRIMERA?

LA SUERTE HABÍA DECIDIDO QUE FUERA YO QUIEN SACARA LA CUCARACHA MÁS GORDA... NO ME IMPORTABA, SENTÍA CURIOSIDAD POR CONOCER A MOISÉS Y METERLE UNA BALA EN EL CUERPO EN MEMORIA DEL BUENO DE AMADEO.
ESPERABA QUE A NADIE SE LE OCURRIERA SUBIR A REGISTRAR LOS PALCOS... Y QUE MOISÉS LLEGARA PRONTO, SE ME ESTABA DURMIENDO UN PIE.
¡MOISÉS! ¡MOISÉS!
MÍRALO... ES ÉL, NUESTRO GUÍA.
TODOS ME CONOCÉIS... TODOS SABÉIS POR QUÉ ESTAMOS REUNIDOS... HA LLEGADO EL DÍA SEÑALADO PARA ROMPER LAS CADENAS QUE NOS ATAN A ESTA CIUDAD Y ALCANZAR LA LIBERTAD... ¡LA LIBERTAD!
¡¡SÍ, LIBERTAD... LIBERTAD!!

ESTA CIUDAD MALDITA NO SERÁ NUESTRA TUMBA... DE ELLA ESCAPARON LOS RICOS Y LOS PODEROSOS, SÓLO EL PUEBLO FUE ABANDONADO A UNA MUERTE LENTA ...Y AHORA DECIMOS... ¡NO SERÁ ASÍ!... ¡LA TIERRA PROMETIDA NOS AGUARDA!... ¡Y LUCHAREMOS POR ALCANZARLA!
QUE LOS COMITÉS DE ACCIÓN SE PREPAREN, MAÑANA PISOTEAREMOS LAS ALAMBRADAS QUE NOS SEPARAN DEL MUNDO... Y NADIE PODRÁ IMPEDIR QUE LO CONSIGAMOS...
ERA LA PRIMERA VEZ QUE VEÍA A LA GENTE DISPUESTA A LUCHAR POR SUS VIDAS... MOISÉS ESTABA JUGANDO FUERTE Y NO SERÍA YO QUIEN LE CORTARA LAS ALAS. MÁS BIEN INTENTARÍA SACAR MI PROPIA TAJADA DEL ASUNTO.
NO TUVE QUE ESPERAR DEMASIADO.
QUIERO HABLAR CONTIGO... PUEDO SERTE MUY ÚTIL.
TE EQUIVOCAS, NO NECESITAMOS GENTE DE TU CALAÑA... ALÉJATE DE MOISÉS O TE PESARÁ.
¡VAN A MATARLO... VAN A MATARLO!

¡BANG!
¡BANG!
¡BANG!
¡TÍRATE AL SUELO!
BANG!
CRAS!
CRAS
BANG!
BANG!
¿SIGUES PENSANDO QUE NO ME NECESITAS?... AHORA LE DEBES LA VIDA A UN ASQUEROSO BUSCAVIDAS.
VEN CONMIGO, ESCUCHARÉ LO QUE TENGAS QUE DECIRME.

RETRASA LA PARTIDA... PUEDO FACILITARTE UN CENTENAR DE RIFLES, MUNICIÓN, GRANADAS... PODRÁS ARMAR A MÁS GENTE... LOS NECESITARÁS SI TE VAS A ENFRENTAR AL EJÉRCITO...Y NADIE TE LOS VENDERÁ MÁS BARATOS QUE YO.
JA-JA-JA-JA-JA-JA-JA-JA
¿SE PUEDE SABER DE QUÉ TE RÍES?...
AQUEL HOMBRE ESTABA LOCO, ERA UN POBRE FANÁTICO ALUCINADO, Y TODA LA GENTE QUE CREÍA EN ÉL IBA A SER MASACRADA INÚTILMENTE.
NINGUNO DE LOS MÍOS TENDRÁ QUE EMPUÑAR UN ARMA... CONFÍA EN MÍ, SOY EL ELEGIDO DEL SEÑOR... MI DIOS ME HA HABLADO... ÉL LANZARÁ LAS SIETE PLAGAS CONTRA LOS EJÉRCITOS... ABRIRÁ PARA MÍ UN PASO ENTRE LAS ALAMBRADAS... NOS GUIARÁ EN EL DESIERTO... ASÍ ME LO HA PROMETIDO.
TENÍA EL TIEMPO JUSTO DE PEGARLE UN TIRO.
¡YO, MOISÉS! HE SIDO PREFERIDO ENTRE TODOS LOS HOMBRES COMO EL SALVADOR DE SU PUEBLO... YO LOS GUIARÉ A LA TIERRA PROMETIDA...

¡BANG!
AAHHHHHH
CRAS!
NI LO INTENTES, HOMBRE... NI LO INTENTES.
MOISÉS HABÍA ORDENADO QUE NO ME MATARAN. QUERÍA QUE FUERA TESTIGO DE SU HAZAÑA... ERA PARA TRONCHARSE DE RISA.
¿VAS A PERMITIR QUE ESE LOCO LOS LLEVE A UNA CARNICERÍA?
¿LOCO?... Y QUÉ IMPORTA QUE LO ESTÉ. ESTE ES UN MUNDO LOCO, TAL VEZ EL DIOS QUE LO CREÓ TAMBIÉN SEA UN LOCO. MOISÉS ES UN LÍDER, LA GENTE CREE EN ÉL...
...TIENEN FE... Y ALGO PUEDE SUCEDER.
NO CREO EN MILAGROS... MAÑANA TODOS ESTAREMOS MUERTOS... CON O SIN LA AYUDA DE LA FE.

YA SÓLO FALTABAN UNOS METROS PARA LLEGAR AL PERÍMETRO AMARILLO... DETRÁS DE ÉL NOS ESPERABAN LAS AMETRALLADORAS DEL EJÉRCITO. NO PERMITIRÍAN QUE AQUELLA MUCHEDUMBRE ABANDONARA LA CIUDAD Y ARRASARA CON SU HAMBRE LOS MÍSEROS CAMPOS, PROVOCANDO UN SUICIDIO COLECTIVO... NO PODÍA QUEJARME, LO IBA A VER TODO EN PRIMERA FILA.
CUIDADO, HOMBRE... UNA SOLA PALABRA DESAFORTUNADA Y ORDENARÉ QUE TE DESPEDACEN.
¡MOISÉS, MOISÉS!... ¡NO PODEMOS PASAR, EL EJÉRCITO HA MINADO TODO EL PERÍMETRO!
¡NO TENGÁIS MIEDO!... ¡MOISÉS NOS ABRIRÁ PASO! ¡EL SEÑOR LE SEÑALARÁ EL CAMINO!
NO LE HAGAS CASO, MOISÉS... ES UNA LOCURA. HAY OTRAS SALIDAS. ¿ME ESCUCHAS?
¡HAS HABLADO BIEN, HOMBRE... ASÍ ES... ESPERAD AQUÍ... YO ABRIRÉ PARA VOSOTROS EL SENDERO HACIA LA TIERRA PROMETIDA!
TENED CONFIANZA... LA TIERRA SE ABRIRÁ BAJO MIS PIES, ESCUPIENDO LA MUERTE QUE OCULTA. NADA ME PASARÁ.
TE CREO, MOISÉS...

SENTÍA CÓMO UN SUDOR FRÍO SE SECABA SOBRE MI CARNE... AQUEL LOCO LO IBA A CONSEGUIR.
MÍRALO... ¡¡MÍRALO!!... TE LO DIJE, ES UN CAUDILLO... ¡NADA PODRÁ DETENERLE!
BOOOOOOOUMM...!!
¡¡NOOOOOOOOOOOO!!!
¿Y AHORA QUÉ?
BUSCARÉ UN NUEVO MOISÉS... VOLVEREMOS A EMPEZAR... VOLVEREMOS A EMPEZAR...
FIN
LA BIBLIA

LA CIVILIZACIÓN QUE HOY CONOCEMOS HABÍA SUCUMBIDO AL CAOS. LA ESCASEZ DE MATERIAS ENERGÉTICAS, LAS CONSTANTES GUERRAS, EL HAMBRE, EL EGOÍSMO DE LAS NACIONES, LA MISMA CEGUERA DE LOS HOMBRES, HABÍAN ENTERRADO BAJO UNA CAPA DE BASURA Y CASCOTES A TODA LA HUMANIDAD... Y EN ESTE MUNDO NUEVO, SÓLO LOS MÁS FUERTES, LOS MÁS CRUELES, HABÍAN APRENDIDO A SOBREVIVIR.
© JOSE ORTIZ.
TIENE PINTA DE SER UN BUEN ZÁNGANO... MADRE ABEJA SE VA A PONER MUY CONTENTA CUANDO LO VEA.

HOMBRE en MADRE ABEJA

José Ortiz y A. Segura

TÚ, EL NUEVO... LEVÁNTATE, MADRE ABEJA QUIERE CONOCERTE.
CUIDADO CON LA FRÍA, MUCHACHO... NO LE GUSTAN NI LOS HOMBRES NI LAS MUJERES... PERO HARÍA CUALQUIER COSA POR PODERTE DESTRIPAR.
ASÍ QUE AQUELLO ERA EL REINO DE MADRE ABEJA... NO SE DIFERENCIABA EN NADA DE LO QUE YA CONOCÍA... UNOS TRABAJABAN Y OTROS EMPUÑABAN LOS RIFLES, ESO ERA TODO.
EL ÚNICO PROBLEMA ERA CÓMO ESCAPAR SIN DEJARME LA PIEL ESTÚPIDAMENTE...
QUÍTATE ESOS HARAPOS Y BÁÑATE. A MADRE ABEJA LE GUSTAN LAS PERSONAS LIMPIAS Y TÚ APESTAS A MACHO CABRÍO.
PERO, SEÑORA ...UNO NO ES DE PIEDRA...

¡¡ MUY BIEN, BONITO!! ... RESÍSTETE ... DAME UNA EXCUSA Y TE SACARÉ LAS TRIPAS CON MIS PROPIAS MANOS ... VALE, ATRÉVETE... ¡... TE LO RUEGOOO!
PUES SÍ QUE ES UN BUEN SEMENTAL ... ESTÁS BIEN DOTADO, AMIGO.
NO TE FÍES... A LO PEOR TODO ES POSTIZO.
PERO SERÁ POSIBLE... SE ESTÁ RUBORIZANDO... ¡¡ POBRECITO!!
¡¡ CERDO!!... ¡ TE VOY A MATAR!
¿?
¿?
PERDONE, SEÑORA, SE ME HA ESCAPADO.
HABÍA SIDO UN INGENUO AL ACEPTAR SU JUEGO; LO ÚNICO QUE PODÍA HACER ERA SEGUIR SONRIENDO COMO UN CRETINO Y ESPERAR LA BALA.
¡¡ QUIETA, FRÍA!! ... ¡ TE LO ORDENO!

SE HA ENSUCIADO ENCIMA DE MÍ... ¡¡TENGO QUE MATARLE!!
SI LO HACES, MIS DOS PEQUEÑAS ABEJAS TE PICARÁN... SABES MUY BIEN QUE LO HARÁN...
TÚ GANAS, MADRE... PERO NO SIEMPRE SERÁ ASÍ, LAS REINAS TAMBIÉN DESAPARECEN Y ESTÁS TENTANDO DEMASIADO A TU SUERTE.
ESTAS RIÑAS DOMÉSTICAS SIEMPRE SON DESAGRADABLES... PERO PASA, HIJO, TENEMOS MUCHAS COSAS DE LAS QUE HABLAR... DALE UN CALZÓN, ABEJITA.
Y VIGILA A TU HERMANA... FRÍA SE ESTÁ VOLVIENDO MUY MALA Y DESOBEDIENTE, Y ESO SIEMPRE ES PELIGROSO EN UNA COLMENA.

HABÍA ALGO EN AQUELLA MUJER, EN SU VOZ, EN SUS GESTOS, QUE HIZO QUE MI PIEL SE ERIZASE.
HICISTE MAL EN OFENDER ASÍ A FRÍA. ELLA NO SABE PERDONAR, TIENE EL ALMA ENVENENADA POR EL ODIO... HACIA TI, HACIA TODOS LOS HOMBRES... Y AHORA, TAMBIEN ME ODIA A MÍ.
¡AH, LOS HOMBRES!... ¿QUÉ HABÉIS HECHO LOS HOMBRES?... ERAIS LOS DUEÑOS DEL MUNDO... ¿Y QUÉ HABÉIS HECHO CON ÉL?... ¿QUÉ QUEDA DE AQUELLA CIVILIZACIÓN ORGULLOSA QUE EDIFICASTEIS?...
RUINAS... MISERIA... PODREDUMBRE... GUERRAS Y MUERTE... ESO ES LO QUE QUEDA, VUESTRA HERENCIA ... PERO MADRE ABEJA LO ARREGLARÁ TODO.
SERÉ PACIENTE, ESPERARÉ A QUE TERMINÉIS DE DESTROZAROS Y SOBRE LAS RUINAS LEVANTARÉ UN REINO DE PAZ... CON MIS FIELES ABEJITAS ...PERO AHORA DEBO CASTIGARTE, PORQUE ERES TERCO, PORQUE AÚN ACTÚAS COMO UN HOMBRE ...Y LOS HOMBRES HAN FRACASADO...
¡HABÉIS FRACASADO!
¡PAF!
¡AGH!

¡PUERCA DEL DIABLO!
CRAS! CREK!
TIENES QUE APRENDER A SER BUENO... TIENES QUE CAMBIAR, O SI NO MADRE TENDRÁ QUE CASTIGARTE... ¡ASÍ!...
¡AUUUG!
HABÉIS SIDO TAN MALOS... TAN MALOS...
¡PLAF!
PERO SÉ QUE TE VAS A REFORMAR... ¡CHISSSS! NO DIGAS NADA, DUERME... DUERME EN BRAZOS DE MADRE...

DIME, PECAS... ¿NINGUNO DE LOS OTROS ZÁNGANOS HA INTENTADO JAMÁS ESCAPAR?
SÓLO JULIÁN... FRÍA LE CORTÓ LA OREJA... FRÍA ES MALA Y SE ENFRENTA CONTINUAMENTE A MADRE... MUCHAS VECES SIENTO MIEDO.
NO TRATES DE HUIR, HOMBRE. MADRE NO DUERME DESDE HACE MUCHOS DÍAS, ESTÁ ESPERANDO ALGO... Y NO SÉ LO QUE ES.
YO SÍ QUE LO SABÍA, Y POR ESO MIS MANOS TEMBLABAN, COMO HABÍAN TEMBLADO ANTE LA PRESENCIA DE MADRE EN LAS ÚLTIMAS SEMANAS.
NO TE ENFADES ... AÚN SOY TU SEMENTAL PREFERIDO... ¿NO ES ASÍ?
COMO SEGUIRÍAN TEMBLANDO DURANTE EL RESTO DE MI VIDA SI NO LOGRABA ESCAPAR DE SU DOMINIO.
ANTES DE QUE ME DESTRUYERA POR COMPLETO... YO NO ERA UN SEMENTAL MANSO... ¡¡ERA UN HOMBRE!!
AQUELLA NOCHE DECIDÍ HACERLO, AUN SABIENDO QUE MADRE ME ESPERABA ENTRE LAS SOMBRAS DECIDÍ HACERLO.

¿ERES TÚ?
AL FIN TE HAS DECIDIDO, HOMBRE... SABÍA QUE LO HARÍAS ... NOCHE TRAS NOCHE TE HE ESPERADO.
PERO HOY DORMIRÉ TRANQUILA.

¿LO SIENTES... ...LO SIENTES?...
AAAAGGGRRR
PERDÓNAME, FRÍA, YO NO PODÍA MATARTE, HIJA MÍA... AUNQUE ME ODIARAS, AUNQUE FUERAS UN PELIGRO PARA MI COLMENA... PERO TÚ SÍ QUE HAS PODIDO, HOMBRE, TÚ ME HAS LIBRADO DE ELLA... TÚ HAS SIDO MI MANO Y MI CUCHILLO SIN SABERLO.
TE DEJO ESCAPAR LIBREMENTE, HOMBRE... QUE SE VAYA CONTIGO MI CRIMEN, DEJEMOS QUE SE ALEJE CONTIGO LA SEMILLA DE CAÍN.

LA HERENCIA DE LA HUMANIDAD
HOMBRE
NADIE PODÍA ESCAPAR DE LA INMENSA CÁRCEL DE HORMIGÓN EN QUE SE HABÍA CONVERTIDO LA CIUDAD.
DURANTE AQUELLOS AÑOS MUCHOS LO HABÍAN INTENTADO, Y SUS RESTOS RESECOS SEÑALABAN LA ENTRADA A LOS CAMPOS DE MINAS SEMBRADOS POR EL EJÉRCITO, QUE RODEABAN LA CIUDAD EN UN CÍRCULO DE MUERTE.
JOSÉ ORTIZ
A. SEGURA
Y ERA PRECISAMENTE A LOS GUARDIANES DE LA CÁRCEL A LOS QUE HOMBRE ESPERABA AQUELLA MAÑANA. LE HABÍAN PROPUESTO UN EXTRAÑO NEGOCIO QUE TENÍA QUE VER CON...
¿CREES QUE VENDRÁN?
ELLOS SON LOS QUE HAN MONTADO TODO EL TINGLADO. SI AHORA NO CUMPLEN, SEGUIRÁ SIENDO SU PROBLEMA... NOSOTROS NO TENEMOS NADA QUE PERDER.
¡¡MIRA!! ...¡A LOS MUY CERDOS TODAVÍA LES QUEDA NAFTA PARA VOLAR!
ATERRIZA EN EL CAMPO DEL ESTADIO. ESA HUMAREDA ES LA SEÑAL DE LA GENTUZA QUE CONTRATAMOS.
1

GORILA TENÍA RAZÓN, AQUELLOS TIPOS TENÍAN DE TODO Y AHORA VENÍAN A POR EL RESTO... ESE ERA EL TRATO.
¡HOLA AMIGOS!
SI INTENTAN ALGO SOSPECHOSO ACHICHARRELOS A TIROS.
¿CÓMO ESTÁ DE ÁNIMOS NUESTRO EXPERTO GUÍA?
¡CALMA, SEÑOR! PRIMERO QUIERO VER LA MERCANCÍA, DESPUÉS PODREMOS HABLAR DE SU VISITA TURÍSTICA A LA CIUDAD.
NO FALTA NADA DE LO QUE ACORDAMOS, MEDICINAS, ARMAS, TABACO, MUNICIONES, ALIMENTOS ENVASADOS...
YO HE CUMPLIDO MI PARTE Y ESPERO QUE TÚ HAGAS LO MISMO.
REVISÉ TODAS LAS CAJAS Y COMPROBÉ QUE NO ME HABÍA MENTIDO. SÓLO ENTONCES CONTINUÉ CON EL NEGOCIO.
CUANDO ESTALLARON LOS PRIMEROS TUMULTOS CALLEJEROS, LOS CUADROS FUERON ESCONDIDOS EN UN ALMACÉN DEL ESTADO. DESPUÉS SE PRODUJO LA EPIDEMIA DE CÓLERA Y LA CIUDAD QUEDÓ EN CUARENTENA. NADIE PODÍA ENTRAR NI SALIR DE ELLA.
FUERON TIEMPOS DIFÍCILES DONDE LO ÚNICO IMPORTANTE ERA SOBREVIVIR, Y LOS CUADROS FUERON OLVIDADOS.
HAN PASADO MUCHOS AÑOS DESDE ENTONCES, TAL VEZ DEMASIADOS, Y SEGUIMOS DESLIZÁNDONOS HACIA LA BARBARIE... PERO NO PERMITIREMOS QUE SE PIERDA ESE TESORO DE LA HUMANIDAD...
SI LOS CUADROS NO HAN SIDO ROBADOS O DESTRUÍDOS, ESTÁN EN UN SÓTANO DE ESTA ZONA... SU TRABAJO CONSISTE EN LLEVARME ALLÍ, ENCONTRARLOS PARA MÍ.
2

LLEVÁBAMOS YA CINCO HORAS DE CAMINATA A TRAVÉS DE LOS EDIFICIOS DERRUIDOS Y NO HABÍAMOS AVANZADO GRAN COSA, PERO TODO ERA MEJOR QUE AVANZAR A CIELO DESCUBIERTO. MIS ACOMPAÑANTES OLÍAN DEMASIADO A "GENTE DE FUERA" Y SABÍA MUY BIEN LO QUE ESO PODÍA SIGNIFICAR SI LES DESCUBRÍAN.
CUIDADO... LOS TABLONES DEL SUELO ESTÁN CASI PODRIDOS.
¡CREEK!
¡AAAYYY!
¡CRAK...CREECK...!
¡VAN A MORDERME!... ¡SACADME DE AQUÍ!... ¡AHHH!
CIERRA EL PICO, NIÑATO DE MIERDA. ESTAS RATAS SON VEGETARIANAS.
¡¡LA CULPA ES TUYA!! CON LA PROTECCIÓN DE LOS SOLDADOS HABRÍAMOS PODIDO MOVERNOS LIBREMENTE POR LAS CALLES EN LUGAR DE JUGAR AL ESCONDITE POR ESTAS RATONERAS. ¡ME LA VAS A PA...!
¡PLAAS!
ESCÚCHAME ESTÚPIDO. NI MIL DE TUS SOLDADITOS TE SALVARÍAN LA PIEL SI LA GENTE DE ESTA CIUDAD SOSPECHA QUE ERES UNO DE LOS MAMONES QUE VIVE FUERA DE ESTE INFIERNO... ¡¡OS ODIAN!! ¿LO PUEDES COMPRENDER?... ¡OS ODIAN A MUERTE PORQUE SOIS SUS VERDUGOS!... NO ME CABREES MÁS O PUEDO EMPEZAR A SENTIR COMO ELLOS.
CALMA HOMBRE... FREDDI ES MUY JOVEN Y MUY IMPULSIVO... CÁLMATE.
3

A PARTIR DE AQUÍ TENEMOS QUE DAR LA CARA. PARA LLEGAR AL PUENTE HAY QUE PASAR LOS CAMPOS DE LOS PATATEROS... BUENA GENTE ELLOS... Y CONFIADOS COMO PALOMAS...
¿NO SERÍA MEJOR ESPERAR A QUE ANOCHECIERA?
NI SOÑARLO, DE NOCHE NO SALEN NI LOS FANTASMAS... A NO SER QUE QUIERAN SUICIDARSE.
¿CÓMO SE DA LA COSECHA DE PATATAS, ABUELO?
¡MÉTETE EN TUS ASUNTOS!... Y CUIDADO, SI ME ROBAS UNA SOLA MATA TE COMO LOS HÍGADOS...
...DECÍDETE FREDDI... UNAS CUANTAS TOMAS DE ESTOS DESGRACIADOS VALEN SU PRECIO EN ORO... DECÍDETE... DECÍDETE...
¡¡ EH, TÚ !!... ¿QUÉ ESTÁS HACIENDO...?... ¿QUÉ ES ESO...?
ZUUUUUMMMM

ES UNA CAMARA DE CINE... QUIERO FILMAR ALGUNAS TOMAS ... LES PAGARÉ BIEN... MIREN, TENGO CIGARRILLOS Y TAMBIÉN CHOCOLATE...
EMPIECE A TOMAR ALIENTO... SU INTELIGENTE AMIGO ACABA DE JUGARNOSLA... ESA GENTE NO SON NEGROS DE BIAFRA Y SE VA A ENTERAR PRONTO.
¡¡ERES UNO DE ELLOS!!
¡NOO... DEJADME... NOOO!
¿QUÉ QUERÍAS?... ¿HACER UN REPORTAJE SOBRE NUESTRA MISERIA? ¿ENSEÑAR A LOS TUYOS CÓMO VIVIMOS? ...YO TE LO DIRÉ... ¡VIVIMOS COMO BESTIAS!... ¡NOS HABÉIS CONVERTIDO EN BESTIAS!
¡¡AQUELLOS!! ...¡IBAN CON ÉL!
5

¡¡AAGH!!
¡¡HAY QUE LLEGAR AL PUENTE!!
¡BAMG! ¡BAMG! ¡BOING! ¡BOING!
CEGADOS POR UN ODIO SUPERIOR A LA RAZÓN, ESTABAN ARRASANDO SU COSECHA... UN ODIO SUPERIOR A SU HAMBRE.
¿A QUÉ ESPERAS? ...¡MALDITA SEA ...DISPARA! ...
LO SIENTO HERMANOS... ES MI PIEL...
RA-TA-TA TA-TA-TA TA
NO QUEDABA NINGUNA BALA EN EL CARGADOR Y NO ME IMPORTÓ, TAMPOCO QUEDABA NADIE SOBRE QUIEN DISPARAR.
¡¡DÉJALE TRANQUILO!!... LE CONOZCO BIEN, SI LE HABLAS AHORA... TE MATARÁ.
6

DURANTE TRES DÍAS NOS ROMPIMOS LAS UÑAS REMOVIENDO CASCOTES SIN ENCONTRAR EL MALDITO SÓTANO DEL "TESORO", PATEANDO LAS OSAMENTAS DE LOS QUE HABÍAN SIDO LOS FELICES HABITANTES DE LA CIUDAD.
VAMOS A DESCANSAR UN RATO, LAS TRIPAS ME RUGEN DE PURO HAMBRE.
MIREMOS ANTES ESTE EDIFICIO.
¡LARGO DE AQUÍ CARROÑEROS!... ¡EL PRÓXIMO DISPARO SERÁ A DAR!
GORILA... TÍRALE UN PAR DE GRANADAS A ESE HÉROE... ¡SÓLO COMO AVISO!... QUIERO HABLAR CON ÉL.
NO SÉ SI LO DEJARÉ ENTERO... ME TIEMBLA HORRORES LA MANO DE TIRAR GRANADAS... ¿LE TIRO ANTES UNA PIEDRA?
¡¿GRANADAS?!
... ESO ES UN FAROL... Y NO VOY A PICAR...
¡¡BRROOOUM!!

¡¡COFF!! ¡¡COFF!!...
CONMIGO PODÉIS HACER LO QUE QUERÁIS... PERO DEJAD MARCHAR A MI NIETA... ES SÓLO UNA NIÑA.
CON ESTOS PECHITOS UNA NIÑA... ¡¡ANDA VIEJO, TÚ DELIRAS!!... AHORA MISMO LE VOY A ENSEÑAR UNOS JUEGOS DE MANOS.
GORILA SIEMPRE OLVIDABA LA PRIMERA LEY DE NUESTRA SOCIEDAD: PROHIBIDO TOCAR EL GÉNERO.
DECIDÍ RECORDÁRSELO.
¡¡AAGH!!
¡¡QUIETO... NO TE MUEVAS...!!
ESCUCHA, BONITA... YO SÓLO PASABA POR AQUÍ...
HAZLE CASO, MI NIETA TE COSERÁ A TIROS SI NO OBEDECES...
¡¡NO ME ROBARÉIS LOS CUADROS!!
8

¿LOS CUADROS...? ...ESA CARA... ¡¡ESTOY SOÑANDO!!... NO PUEDE SER ÉL...
¿NO ME RECONOCE?... SOY IBARRA, FUI SU ALUMNO, USTED ME ENSEÑÓ TODO LO QUE SÉ SOBRE PINTURA... DON MARCOS... ¿NO ME RECUERDA?...
CUIDADO ABUELO... PUEDE SER UN TRUCO.
NO... ES IBARRA... EL VIEJO COLEGIO DE ARTE ... MIS CLASES...
VENGO A RESCATAR LOS CUADROS, LOS LLEVARÉ FUERA DE ESTA MALDITA CIUDAD... Y USTED Y SU NIETA VENDRÁN CONMIGO.
TANTOS AÑOS GUARDÁNDOLOS, LUCHANDO Y MATANDO PARA QUE NADIE PUDIERA HACERLES NINGÚN MAL... SACRIFICANDO MI VIDA POR ELLOS... Y AHORA VA A TERMINAR LA PESADILLA...
¡¡TRANQUILA!!... YA LO VES, SON AMIGOS DE LA INFANCIA... Y BÚSCATE OTRA CAMISA, NO QUIERO PROBLEMAS CON GORILA POR TU CULPA.
NO CHE FÍES DE ÉL MUCHACHAAA... TE METERÁ MANOO EN CUANTO SE LE PACHE LA RACHA DE PURITANO... ¿A MÍ QUÉ ME VA A CONTAR?
VAMOS, OS LLEVARÉ A MI ESCONDITE... TENEMOS QUE EMPEZAR A TRABAJAR, HAY QUE EMBALAR LOS CUADROS ... PREPARARLOS PARA EL VIAJE.
9

ES MUY BELLO, TAL VEZ EL CUADRO MÁS BELLO JAMÁS PINTADO.
FRANCAMENTE, LO CAMBIARÍA POR UN BUEN BISTEC Y UNA CERVEZA HELADA... COSAS DE LA VIDA, SÓLO ME EMOCIONO CUANDO TENGO EL ESTÓMAGO LLENO.
SERÁ MEJOR QUE OS DÉIS PRISA, EL HELICÓPTERO NO TARDARÁ EL LOCALIZAR LA HUMAREDA DE LA FOGATA.
SON MIS PADRES ... UN PAR DE INFELICES...
EL ABUELO SE NEGÓ A SER EVACUADO, NO QUERÍA SEPARARSE DE SUS MALDITAS PINTURAS Y ELLOS TAMBIÉN SE QUEDARON... MURIERON CUANDO LA PESTE... EL VIEJO LOS ASESINÓ CON SU FANATISMO... Y ME PREGUNTO SI FUE JUSTO... ¿TÚ QUÉ DICES?
...CREO QUE VA A LLOVER.
ES NUESTRO DESTINO, LOS CUADROS NOS ATARON A LA CIUDAD Y AHORA NOS AYUDAN A HUIR.
¡¡UN HELICÓPTERO!! ...¡¡VIENE EL HELICÓPTERO!!
10

¡¡¡ARRIBAAA!!!
ATENCIÓN CON ESOS CABLES...
ESTE QUIERO LLEVARLO YO PERSONALMENTE, NO ME FÍO DE ESOS BRUTOS... ES MI VELÁZQUEZ PREFERIDO... ¡JE, JE, JE!
¡¡DESE PRISA... VAMOS A DESPEGAR!!
ESTÁ USTED LOCO... VAMOS SOBRECARGADOS, UN KILO MÁS Y NO PODRÉ HACER VOLAR A ESTE TRASTO.
VOLVERÉ A POR USTED... SE LO PROMETO... CONFÍE EN MI PALABRA.
¡¡NO!!... MIS CUADROS ... NO QUIERO SEPARARME DE ELLOS... DÉJEME SUBIR...
¡¡BAMG!!
¡¡BAMG!!
¡¡NO DISPARE, LOS TANQUES DE NAF...!!

¡¡BROOOUUUM!!
¡¡LOS CUADROS!! ...¡SE ESTÁN QUEMANDO!...
¡¡TIENE QUE SALVARLOS!!... ¡SON LA HERENCIA DE LA HUMANIDAD! ...¡SALVELOS, POR DIOS! ¡¡POR LA HUMANIDAD!!
¡¡HUMANIDAD!!... ¿QUÉ HUMANIDAD? ...¿¡QUÉ HUMANIDAD!?
NADIE ME RESPONDIÓ Y VACIÉ EL CARGADOR, Y SEGUÍ APRETANDO EL GATILLO Y SEGUÍ APRETANDO EL GATILLO Y SEGUÍ...
¡BAMG!
¡¡BAMG!!
¡¡BAMG!!
¡¡BAMG!!
¡¡BAMG!!

HOMBRE:
EL CAZADOR
Anoche mi padre cerró el trato con el guía. Le entregó todos los objetos de valor que mi familia ha conseguido guardar durante estos años de miseria. A cambio, el guía nos sacará de la ciudad. Aún no puedo creerlo... Vamos a escapar de esta maldita cárcel.
Andrés – 18 Marzo.
He estado por última vez en las ruinas donde enterramos a Julián y a María. Las tumbas estaban vacías, no pusimos suficientes piedras y los perros salvajes... Se me revuelven las tripas con solo pensarlo.
Andrés – 19 Marzo.
Ya llevamos un día de marcha. Todo resulta muy emocionante. En un descanso le pregunté al guía cuál era su nombre. Me miró fijamente y me respondió que se llama Hombre. Creo que me está tomando el pelo.
Andrés – 21-Marzo
PROHIBIDO
JOSE ORTIZ y ANTONIO SEGURA
11–1

¡¡ ESPERE, SEÑOR !!
NOENSUCIE EL PARQUE
AQUEL NIÑATO ESTABA EMPEZANDO A HARTARME CON SU MANÍA DE LLAMARME SEÑOR, O TAL VEZ FUESE SU MIRADA DE PERRO FIEL LO QUE ME SACABA DE QUICIO. A LOS PERROS ME LOS COMO, NO LES RASCO LAS PULGAS.
SEÑOR, MI PADRE PREGUNTA CUÁNDO PODREMOS DESCANSAR, LAS MUJERES YA NO PUEDEN MÁS.
EN UNA HORA LLEGAREMOS A UN KIOSCO QUE AÚN SE AGUANTA EN PIE, DILE QUE PASAREMOS ALLÍ LA NOCHE.
DEJE QUE LE AYUDE, SEÑOR.
¡¡ MIERDA!!
¡ ESCUCHA, MOCOSO ! ... YO NO SOY EL SEÑOR DE NADIE... ¿ENTIENDES?
EN ESTE COCHINO MUNDO SE ACABARON LOS SEÑORES, LOS AMOS Y DEMÁS ESCORIA, Y ME ENCANTA QUE ASÍ SEA... NO EMPIECES TÚ A COMPLICARME LA EXISTENCIA DE NUEVO... Y AHORA, LARGO...
11-2

¿PARA QUIÉN ES ESE PLATO, ANDRÉS?
ES PARA HOMBRE, EL GUÍA.
TODOS LOS DOMIN
CONCI
DÉJALE TRANQUILO. SI QUIERE MÁS COMIDA, YA LA PEDIRÁ...
PERO, MAMÁ... ÉL SABE MUCHAS COSAS DEL BOSQUE, PUEDE ENSEÑARME A...
¡BASTA, ANDRÉS!
NO INTENTES SER SU AMIGO, NO LO CONSEGUIRÁS. ES UN SOLITARIO, UN AMARGADO.
CONOZCO A ESA CLASE DE TIPOS, HUYEN DE CUALQUIER AFECTO HUMANO. LA VIDA LES HA CASTIGADO DURO Y NO DESEAN ATARSE A NADA NI A NADIE POR TEMOR A VOLVER A SUFRIR. HAZME CASO.
DALE EL PLATO A TU PADRE, ÉL SÍ QUE TE LO AGRADECERÁ... Y YO TAMBIÉN.
LE FELICITO, HACÍA MUCHO TIEMPO QUE NO COMÍA TAN BIEN... ME ALEGRO DE QUE PRONTO VAYAMOS A SEPARARNOS, PODRÍA ACOSTUMBRARME A SUS GUISOS, Y ESO SIEMPRE ES PELIGROSO PARA LOS TIPOS COMO YO.
TE HA ESCUCHADO, SEGURO.
SHIIII...
REÚNA A SU GENTE, TENEMOS QUE ORGANIZAR LOS TURNOS DE GUARDIA.
11-3

POR DIOS... DESPIERTE...
¿QUÉ OCURRE...?
ES HORRIBLE... LE DESCUBRÍ CUANDO FUI A RELEVARLE DE LA GUARDIA ...YA ESTABA FRÍO Y...
CÁLMESE, ES MEJOR QUE EL RESTO SIGA DURMIENDO... Y DEJE DE ZARANDEARME.
PUDO SUBIRSE AL ÁRBOL Y DEJARSE CAER AHORCÁNDOSE ÉL MISMO... ¿TENÍA ALGÚN PROBLEMA?...
ERA UNA PREGUNTA ESTÚPIDA, LA GENTE NO VA COLGÁNDOSE DE LOS ÁRBOLES POR DEPORTE.
PERO ¿NO SE HA DADO CUENTA?... LE FALTA UNA OREJA... ALGUIEN LE HA CORTADO UNA OREJA...
11-4

APAGUE ESA TEA.
¿QUÉ ES LO QUE BUSCABAN? ...¿ASUSTARNOS? SI ERA ASÍ, YA LO HABÍAN CONSEGUIDO... ¡POR TODOS LOS DEMONIOS! PODÍAN HABERNOS LIQUIDADO TRANQUILAMENTE MIENTRAS DORMÍAMOS, Y SIN EMBARGO...
¡BRAM!
¡BAMG!
¡BAMG!
BAMG!
¡UG...!
¡BAMG!
¡VAMOS, BASTARDOS!... ¡¿A QUÉ ESPERÁIS?!...
¿DÓNDE ESTÁN JUAN Y SU HERMANO? LOS... ¿LOS HAN MATADO?
SÍ... ¡MALDITA SEA... SÍ!... ¡LOS HA CAZADO A PLACER!
ALGO SABÍA. ERA UN SOLO RIFLE EL QUE NOS APUNTABA DESDE LAS SOMBRAS, Y SU DUEÑO NO TENÍA NINGUNA PRISA... QUERÍA GOZAR LIQUIDÁNDONOS LENTAMENTE DE UNO EN UNO.
NO TENGO PRISA... NUNCA TENGO PRISA CUANDO CAZO.
11-5

¿CREE QUE AÚN ESTÁ AHÍ?
SI QUIERE SABERLO, SÓLO TIENE QUE PONERSE EN PIE... ME ENCARGARÉ DE ENTERRARLA PERSONALMENTE.
CUIDADO, AMIGO, CONMIGO NO TE LO MONTES DE DURO, LES HE SACADO LAS TRIPAS A TÍOS QUE VALÍAN MIL VECES MÁS QUE TÚ Y AÚN ESTOY ENTERA... QUIERO SALIR VIVA DE ESTE AGUJERO CON MI HIJO, Y LO LOGRARÉ POR MÍ MISMA O CON TU AYUDA... ESO ES TODO.
ACEPTÉ LA PATADA SIN PESTAÑEAR. AQUELLA MUJER HABÍA SOBREVIVIDO AL INFIERNO DE LA CIUDAD SIN PERDER SU DIGNIDAD... Y COMPRENDÍ DEMASIADO TARDE POR QUÉ NO HABÍA DERRAMADO UNA SOLA LÁGRIMA POR SU MARIDO... YA NO LE QUEDABAN LÁGRIMAS PARA LLORAR POR NADA NI POR NADIE.
LO SIENTO... CUENTA CONMIGO.
EMPEZAREMOS DE NUEVO... ¿CREES QUE NOS ESTÁ ESPERANDO?... Y SI ES ASÍ... ¿QUÉ BUSCA MATÁNDONOS?
NO LO SÉ, NI VOY A PREGUNTÁRSELO.
PUEDE SER UN POBRE LOCO EMBRUTECIDO POR LA SOLEDAD, O UN CARNICERO QUE MATA POR EL PLACER DE MATAR.
LA DIFERENCIA NO IMPORTA GRAN COSA... PARA MUCHA GENTE TODO LO QUE VALÍA LA PENA RESPETAR SE FUE A LA MIERDA, Y ASÍ LAS COSAS... ¿POR QUÉ NO DARLE GUSTO AL GATILLO?... Y ESO ES LO QUE ESTÁ HACIENDO.
11-6

TIENE QUE HACER ALGO, LE PAGAMOS PARA QUE NOS SACARA DE LA CIUDAD POR UN CAMINO SEGURO... ¡¡SALGA Y ENFRÉNTESE A ESE ASESINO!!
TÓMESELO CON CALMA... EL TRATO NO INCLUÍA QUE ME DEJARA MATAR POR PROTEGERLES... SI QUIERE DEFENDER A SU FAMILIA, COJA UN RIFLE Y VAYA A BUSCARLE... NO SE LO IMPEDIRÉ...
¿CREE QUE TENGO MIEDO?... NO ES ESO, NO SOY UN COBARDE...
PERO ESTÁN MI MUJER Y MIS HIJOS... ¿QUÉ SERÁ DE ELLOS SI ME MATA? ¿CUIDARÁ USTED DE ELLOS, ACASO?
¡¡CUI...!!
¡¡...DADO!!
11-7

¡ES LA CABEZA DE PADRE!
¡MALDITO ASESINO...!
¡MALDITO ASESINO!... ¡MÍRAME... NO SOY UNA BESTIA!... ¡NO PUEDES CAZARNOS COMO SI...!
¡TÍRATE A TIERRA, ES LO QUE BUSCA PARA PODER DIS...!
11-8

¡BANG!
¡BANG!
¡NOOOOO...!
LEVÁNTATE, PAPÁ... POR FAVOR.
BASTA YA, MALNACIDO.
HACE YA MUCHOS AÑOS ME HICE UNA PROMESA... NO ATARME A NADIE... RESPONSABILIZARME ÚNICAMENTE DE MI PROPIA SUPERVIVENCIA, Y AHORA ESTABA A PUNTO DE ROMPERLA.
11-9

¿QUÉ INTENTAS? ...¿QUIERES QUE TE MATE TAMBIÉN?
¡BANG!
¡BANG!
¡BANG!
¡BANG!
¡¡DEMONIOS!!
NO TE COMPRENDO... PRIMERO ESCURRES EL BULTO Y AHORA ACTÚAS COMO UN HÉROE HISTÉRICO.
ME PREGUNTO POR QUÉ NO HA DISPARADO.
ESTA ES SU CAZA... NOS LIQUIDARÁ SÓLO CUANDO ÉL LO DESEE Y NO ANTES ...POR ESO ME HE ARRIESGADO A QUE ME TUMBARA.
ESTA NOCHE DORMIRÁ CONFIADO, HA VISTO CÓMO EL ÚLTIMO MACHO DE LA PARTIDA PERDÍA LOS NERVIOS ...Y AL AMANECER SALDREMOS A BUSCARLE.
11-10

Y LLEGÓ EL AMANECER.
PASE LO QUE PASE QUIERO QUE SEPAS QUE TE AGRADEZCO LO QUE VAS A HACER... YO ME ARRIESGO POR MI HIJO... TENGO UNA RAZÓN PARA LUCHAR... Y QUISIERA SABER POR QUÉ LO HACES TÚ.
¡TOCK!
CUANDO DESPIERTE DILE QUE TENÍA RAZÓN, LOS TIPOS COMO YO SÓLO SE PREOCUPAN POR DEFENDER SU PROPIA EXISTENCIA ... VOY A PELEAR POR MI PIEL... LLEVARLA SERÍA UN ESTORBO... DILE...
SI ME MATA... SERÁ SU TURNO.
¡SUERTE, SEÑOR!
SI EL CAZADOR FALLABA EL PRIMER DISPARO, AÚN TENDRÍA UNA OPORTUNIDAD.
11-11

¡CRAK!
POR TODO LO CREADO... ESTÁ MUERTO.
LAS BALAS DISPARADAS AL AZAR HABÍAN ACABADO CON AQUEL CABRÓN. ¿CUÁL PODÍA SER SU EXCUSA PARA HABERSE CONVERTIDO...?
¿...EN UN MATADOR DE HOMBRES?... ¿QUE ERA UNA BESTIA MATANDO BESTIAS?... ¿QUE TODO ESTABA PERMITIDO?
NUNCA LO SABRÍA Y TAL VEZ FUESE MEJOR ASÍ.
FIN
11-12

HOMBRE
LOS ANTIGUOS JARDINES QUE RODEABAN LA CIUDAD SE HABÍAN CONVERTIDO CON EL PASO DE LOS AÑOS EN BOSQUES SALVAJES. LOS HOMBRES Y LAS MUJERES NO HABÍAMOS CORRIDO MEJOR SUERTE.
LA HUMANIDAD HABÍA PERDIDO LA PARTIDA, YA NO ÉRAMOS LOS DUEÑOS DE LA CREACIÓN, TAN SOLO UNA BESTIA MÁS TRATANDO DE SOBREVIVIR. Y LA SELVA QUE LENTAMENTE IBA INVADIENDO LAS CALLES DE LA CIUDAD NOS LO RECORDABA EN SILENCIO.
EN LOS BOSQUES HABÍA CAZA, Y ESO SIGNIFICABA CARNE, LA POSIBILIDAD DE LLENAR HASTA REVENTAR NUESTRAS TRIPAS VACÍAS.
Y FUE EN EL BOSQUE DONDE VIMOS AL...
CABALLO
JOSÉ ORTIZ
12- 1

¿CREES QUE PODRÁS DARLE A ESTA DISTANCIA?
LE METERÉ TRES BALAS EN EL CUERPO CON LA MISMA FACILIDAD QUE ESCUPO.
¡¡UN MOMENTO!!... FUI YO QUIEN LO VIO ... ME CORRESPONDE DECIDIR.
CIERRA EL PICO, CURRO DE MIERDA... O TE TRAGAS LA CUARTA BALA.
NO... NO PODRÁS ACERTARLE... ESTÁ MUY LEJOS...
ÁNGEL TIENE RAZÓN. SI NO LO TUMBAS A LA PRIMERA, DESPÍDETE DE ÉL, Y ME GUSTARÍA COMER CARNE FRESCA ESTA NOCHE.
IMPÍDEMELO SI QUIERES.
¡AHH!
MALDITO CAB...
12-2

¡¡CUIDA-
DO!!
¡AGG!
QUIETA...
NO QUIERO
MATARTE.
NI A VOSO-
TROS TAMPO-
CO.
OS PROPONGO
UN TRATO... BAJEMOS
AL BOSQUE Y ATRA-
PEMOS VIVO A ESE CA-
BALLO, DESPUÉS ECHA-
REMOS A SUERTES
QUIÉN SE LO QUEDA...
¿QUÉ OS PARECE?
TODA ESA CARNE PA-
RA UNO SOLO DE
NOSOTROS...
ACEPTAMOS, DESPUÉS DE
TODO ERA ÉL QUIEN EMPU-
ÑABA EL RIFLE.
12-3

AL MUCHACHO LE FALTABA UNA MANO, PERO TENÍA UN BUEN CEREBRO. HABÍA ESCONDIDO LAS ARMAS EN EL BOSQUE PARA EVITARNOS MALAS TENTACIONES.
NO INTENTÉ JUGÁRSELA AUNQUE TUVE MUCHAS OCASIONES PARA HACERLO. ÁNGEL ACTUABA COMO UN FANÁTICO Y ADIVINÉ QUE NI QUEMÁNDOLE EL CULO EN UNA HOGUERA NOS DIRÍA DÓNDE LAS HABÍA ESCONDIDO, Y SIN ARMAS ME SENTÍA COMO DESNUDO.
¿TANTO TE IMPORTA ESE ANIMAL COMO PARA ARRIESGAR EL PELLEJO POR ÉL?... PORQUE TÚ NO QUIERES SU CARNE... HAY OTRA RAZÓN...
ERES MUY ASTUTO, HOMBRE, QUIERO QUE VEAS UNA COSA.
SOY YO DE PEQUEÑO. MI PADRE CRIABA CABALLOS DE CARRERAS... CUANDO EMPEZAMOS A PASAR HAMBRE, LOS FUE MATANDO UNO A UNO PARA ALIMENTARNOS... ÉL LOS ADORABA.
EL DÍA QUE SACRIFICÓ AL ÚLTIMO, A UN PONI... BUENO ...SE PEGÓ UN TIRO.
¿COMPRENDES AHORA POR QUÉ QUIERO VIVO A ESE CABALLO?
NO.
SE LO DEBO A MI PADRE... A SU MEMORIA, AL SACRIFICIO QUE HIZO.
DÉJATE DE ROLLOS Y ESCUCHA ATENTAMENTE... SI ME TOCA LA BOLA, ME LO COMERÉ DESDE EL MORRO HASTA LA COLA.
Y ELLOS HARÁN LO MISMO... VE HACIÉNDOTE A LA IDEA.
SI INTENTAS IMPEDIRLO, LE VAN A FALTAR BALAS A TU PISTOLA.
12-4

DURANTE TRES DÍAS ESPERAMOS LA LLEGADA DEL CABALLO INÚTILMENTE.
¡¡MALDITA SEA!!... VOY A CREER QUE LO SOÑAMOS.
CÁLMATE, VENDRÁ. DEBE DE TENER TANTA SED COMO NOSOTROS HAMBRE.
FIUUUU
FIUUUUU
NO LO PUDE IMPEDIR, AL OÍR EL SILBIDO DE AVISO DE ÁNGEL, LA BOCA SE ME LLENÓ DE SALIVA, AL PENSAR EN LA INCREÍBLE CANTIDAD DE FILETES QUE SE ESTABA ACERCANDO A LA TRAMPA QUE RODEABA LA FUENTE.
ADELANTE, CABALLITO... NO TE DETENGAS.
12-5

NOS HA OLI-
DO, ESTOY SE-
GURO DE QUE
NOS HA OLI-
DO.
¡EEEHH!
...¡EEEHH!
¡¡SOMOS GENIALES!!...¡¡LO
HEMOS CONSEGUIDO!!
...¡¡ YUPPIIIIIII !!
12-6

ERA INCREÍBLE QUE UN ANIMAL TAN ESTÚPIDO HUBIESE SOBREVIVIDO TANTO TIEMPO EN EL BOSQUE. SE HABÍA DEJADO CAZAR SIN OFRECER RESISTENCIA.
Y SIN SABER POR QUÉ, SU APARENTE DOCILIDAD EMPEZÓ A PREOCUPARME.
VAMOS, HOMBRE, TE ESTAMOS ESPERANDO.
EL QUE SAQUE EL PALO MÁS CORTO SE QUEDA CON EL ANIMAL... CALVO ELEGIRÁ DOS, PARA ESO ES MI MARIDO Y VAMOS A MEDIAS.
¿QUIÉN EMPIEZA LA JUERGA?
YO... MISMO.
MALA SUERTE, CHICO.
Y LA MÍA AÚN PEOR.
MIRA... ES EL MÁS PEQUEÑO... HEMOS GANADO...
¡¡AAAYYYYY!!
12-7

¿QUÉ VAS A HACER CON ESA CUERDA?... NO PENSARÁS ESTRANGULARLO, ¿VERDAD?
DE ESO NADA, MONADA. VOY A LLEVARLO A LA CIUDAD ATADO COMO UN MANSO CORDERITO.
ALLÍ LO CORTARÉ A TROCITOS Y, DESPUÉS DE HARTARME DE CARNE, CAMBIARÉ EL RESTO POR MERCADERÍAS... IGUAL TE REGALO UN HUESO.
PERO ANTES DEVUÉLVEME LAS ARMAS... ESE FUE EL TRATO.
QUIETO, CABALLITO, SOY PAPÁ, QUE VIENE A PASEARTE.
NO TE CONFÍES, CALVO... PUEDE MORDERTE.
¿ÉSTE?... LES TENGO MÁS MIEDO A LAS HORMI...
¡¡...GAS!!
¡¡ CALVOOO!!
YAAAAAAAAG!
12-8

DIOS MÍO...
MALDITO ASESINO... ¡¡VOY A SACARTE LAS TRIPAS!!
ESPERA...
¡BANG!
¡BANG!
IBA A MATAR A MI CABALLO... LO QUERÍA MATAR ...CON UN CUCHILLO, COMO MI PADRE...
LO HAS VISTO ... QUERÍA MATARLO.
ESTÁS LOCO...
NO TEMAS, NO VOY A HACERTE NINGÚN DAÑO... SOMOS AMIGOS... VIVIREMOS EN EL BOSQUE... CUIDARÉ DE TI.
TRANQUILO, BONITO...
12-9

¿SABES? ... MI PAPÁ YA NO PODRÁ HERIRTE CON SU GRAN CUCHILLO... YO LO MATÉ DE UN TIRO ...ÉL... ÉL QUERÍA QUE ME COMIERA LA CARNE DE MI PONI... Y LO MATÉ... ES UN SECRETO.
Y DESPUÉS DE ASESINAR A SU PADRE SE LE HABÍAN FUNDIDO LOS PLOMOS PARA SIEMPRE.
POR ESO ME CORTÉ LA MANO... PARA CASTIGARME... ELLA APRETÓ EL GATILLO... FUE MI MANO LA QUE...
YAAAAAAAG
ERES LA BESTIA MÁS PUERCA QUE JAMÁS HE CONOCIDO...
12-10

AUNQUE ESTOY SEGURO DE QUE TIENES UNA BUENA RAZÓN PARA ODIARNOS ASÍ... Y LAMENTO QUE NO PUEDAS CONTÁRMELA.
DEGOLLARTE SERÍA DEMASIADO SENCILLO... CONOZCO UNA CONDENA PEOR... VAS A PERDER LA LIBERTAD... DURANTE EL RESTO DE TU VIDA...
LLEVARÁS A UN HOMBRE SOBRE TU LOMO.
12-11

¡¡LOS HOMBRES AÚN MANDAMOS EN ESTE MUNDO, MALA BESTIA!!
¡¡Y SOMOS PEORES QUE CUALQUIER ANIMAL ASESINO!!
¡¡AÚN NO ESTAMOS VENCIDOS!!... ¿COMPRENDES?
VAMOS... CABALLO.
JOSÉ ORTIZ y A. SEGURA
Y EL CABALLO SE MOVIÓ BAJO MIS PIERNAS SUAVEMENTE... COMO TEMIENDO LASTIMARSE... Y ME SENTÍ TODO UN HOMBRE.
FIN
12-12

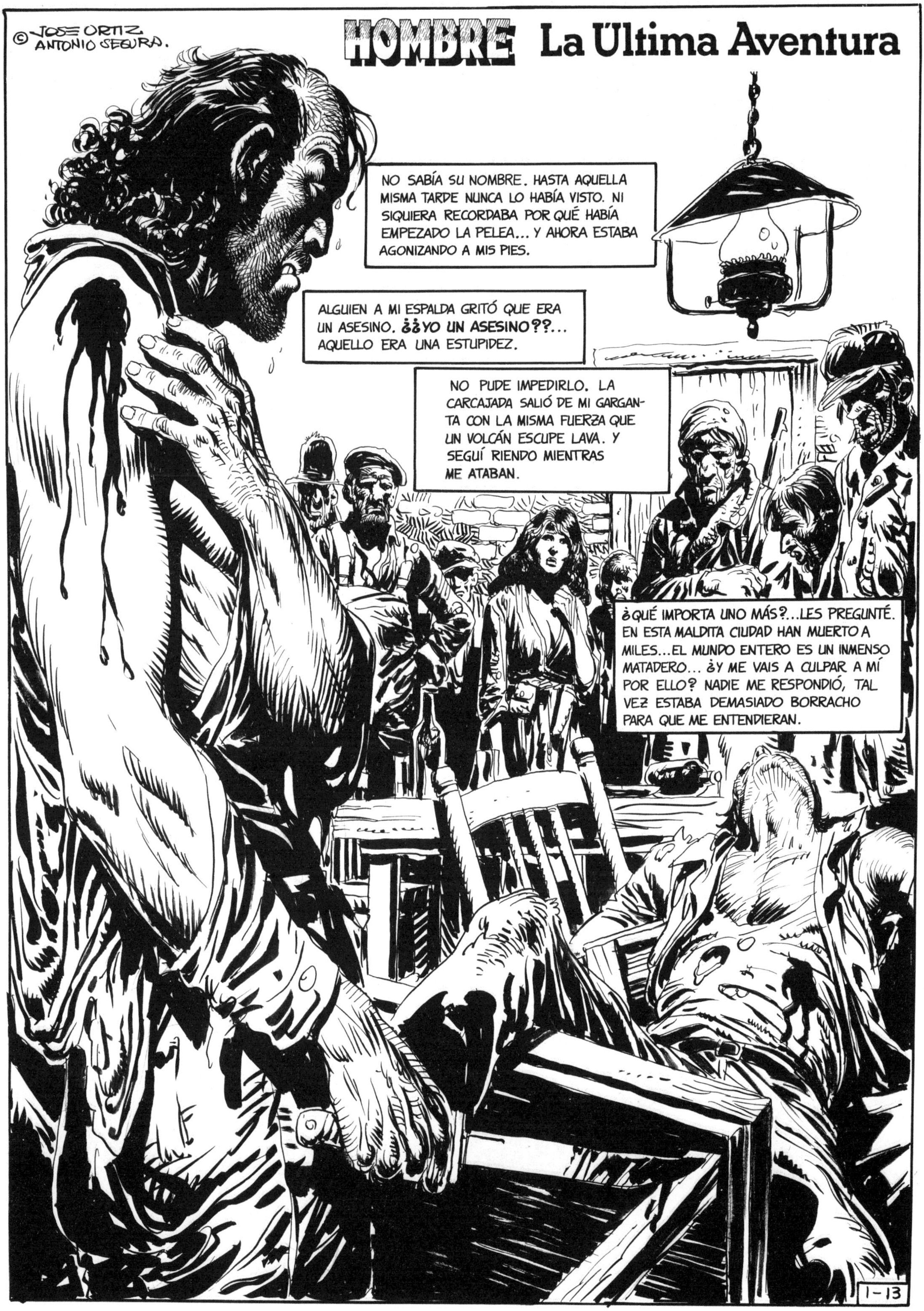
© JOSE ORTIZ ANTONIO SEGURA.
HOMBRE La Última Aventura
NO SABÍA SU NOMBRE. HASTA AQUELLA MISMA TARDE NUNCA LO HABÍA VISTO. NI SIQUIERA RECORDABA POR QUÉ HABÍA EMPEZADO LA PELEA... Y AHORA ESTABA AGONIZANDO A MIS PIES.
ALGUIEN A MI ESPALDA GRITÓ QUE ERA UN ASESINO. ¿¿YO UN ASESINO??... AQUELLO ERA UNA ESTUPIDEZ.
NO PUDE IMPEDIRLO. LA CARCAJADA SALIÓ DE MI GARGANTA CON LA MISMA FUERZA QUE UN VOLCÁN ESCUPE LAVA. Y SEGUÍ RIENDO MIENTRAS ME ATABAN.
¿QUÉ IMPORTA UNO MÁS?...LES PREGUNTÉ. EN ESTA MALDITA CIUDAD HAN MUERTO A MILES...EL MUNDO ENTERO ES UN INMENSO MATADERO... ¿Y ME VAIS A CULPAR A MÍ POR ELLO? NADIE ME RESPONDIÓ, TAL VEZ ESTABA DEMASIADO BORRACHO PARA QUE ME ENTENDIERAN.
1-13

CUANDO SE ME DESPEJÓ LA CABEZA, SUPE QUE IBA A MORIR.
LO SIENTO, MUCHACHO, NO ES NADA PERSONAL. ESTOS CRETINOS QUIEREN HACER JUSTICIA.
NO TE PREOCUPES, MUY PRONTO IREMOS A HACERTE COMPAÑÍA AL INFIERNO.
Y CON LA COLOCACIÓN DE ESTA PRIMERA PIEDRA DOY POR INAUGURADO EL PUENTE.
EN ALGO TENÍAN RAZÓN... MUY PRONTO ESTARÍA EN EL INFIERNO.
¡KOOPFF!!
2-13

3-13

TÓMATE EL CALDO, TE HARÁ BIEN.
¡COFF!
COGH!
CUANDO TERMINES, DAVID TE CURARÁ LAS HERIDAS DE LAS MUÑECAS.
¡¡JOLÍN!!... QUÉ SUERTE HAS TENIDO, MAMÁ VIO CUANDO IBAN A TIRARTE AL RÍO Y...
SÍ, HE TENIDO MUCHA SUERTE... Y CREO QUE AÚN NO LES HE DADO LAS GRACIAS.
AHORRA PALABRAS, ESTAMOS SEGUROS DE QUE EN NUESTRO LUGAR HUBIERAS HECHO LO MISMO.
AQUELLO YA ERA DEMASIADO, SENTÍ LA TENTACIÓN DE EMPEZAR A LLORAR ANTE TANTA BONDAD. O ERAN UNOS INGENUOS O NADA SABÍAN DEL MUNDO QUE LES RODEABA.
PARA SERTE FRANCO, SOY DE LA CLASE DE TIPOS QUE NO SE MOJA EL CULO POR NADIE. HUBIERA DEJADO TRANQUILAMENTE QUE TE AHOGARAS.
ALGO PARECIDO A LA VERGÜENZA ME RECORRIÓ LAS TRIPAS AL VER SUS EXPRESIONES DE ASOMBRO Y DECIDÍ SEGUIRLES EL JUEGO... DESPUÉS DE TODO, LES DEBÍA LA PIEL.
NUNCA APRENDÍ A NADAR... SOY UN PLOMO EN EL AGUA.
¿HAS OÍDO, MAMÁ? ...NO SABE NADAR.
JA-JA...
JA-JA-JA...
4-13

DURANTE UNA SEMANA DEJÉ QUE ME CEBARAN COMO A UN CERDO MIENTRAS LAS HERIDAS DE MIS MUÑECAS CICATRIZABAN... ERA UNA BUENA VIDA AQUELLA... DEMASIADO BUENA.
AQUEL TRÍO DE LOCOS ERA LO MÁS PARECIDO A UNA FAMILIA QUE LOGRABA RECORDAR, GENTE HONRADA... ¿HONRADA?... ¡¡MALDITA SEA!! ¿QUÉ PINTABA UN CARNICERO COMO YO EN SEMEJANTE COMPAÑÍA?
EN UNOS DÍAS MÁS TERMINARÉ DE REPARAR EL CASCO, PODREMOS CONTINUAR EL VIAJE HACIA EL NORTE, ALLÍ HAY BUENAS TIERRAS DE LABRANZA.
HE LEÍDO MUCHOS LIBROS DE AGRICULTURA, TENGO SEMILLAS Y HERRAMIENTAS, SÉ QUE LO LOGRAREMOS... INICIAREMOS UNA NUEVA VIDA.
DIME... ¿TE GUSTARÍA VENIR CON NOSOTROS?
RAÍCES PROFUNDAS... CON ALAN LADDY VAN HEFLIN, ESE ES EL TÍTULO DE TU PELÍCULA.
UN CAMPESINO IDEALISTA SE ENFRENTABA A UN DURO GANADERO... LLEGABA UN PISTOLERO, UN ASESINO, Y LE ECHABA UNA MANO AL DESTRIPATERRONES, PASABA DEL REVÓLVER A ORDEÑAR LA VACA... ¡¡BAAHH!!
ME GUSTA... ¿CÓMO TERMINABA LA HISTORIA?
MAL... EL PISTOLERO TENÍA QUE VOLVER AL REVÓLVER PARA SALVARLE LA VIDA AL LABRIEGO Y COMO PREMIO LE METÍAN UNA BALA EN EL CUERPO... NO ES ÉSE MI ESTILO... VIVIRÉ MI VIDA HASTA EL FINAL.
TE REGALO LA VACA...
5-13

SIGO SIN ENTENDERTE.
VIVES UN MAL SUEÑO CON TU FILOSOFÍA BARATA DE PACIFISMO Y AMOR AL PRÓJIMO...LA REALIDAD ES MÁS CRUEL.
LOS ÚNICOS QUE SOBREVIVIRÁN A ESTA MIERDA SON LOS QUE DISPARAN ANTES DE PREGUNTAR...Y NO ME GUSTARÍA ESTAR CUANDO TE DEGÜELLEN.
NO NECESITO UN PISTOLERO QUE ME DEFIENDA, SÓLO A ALGUIEN QUE QUIERA USAR UNA AZADA Y EMPEZAR DE NUEVO.
LA SIERRA SE HA ATASCADO, PAPÁ. NO PUEDO MÁS.
VAMOS... UN POCO MÁS FUERTE.
ESTÁ MUY DURO... NO PUEDOOO.
APARTA.
TOOUING!
ACABAS DE CONTRATARME. PERO TE LO ADVIERTO, NECESITARÁS MÁS UN RIFLE QUE UNA AZADA.
6-13

PRONTO DESCUBRÍ QUE ODIABA TRABAJAR...Y TRABAJAR FUE LO ÚNICO QUE HICIMOS.
TONG! TOING!
MUCHAS VECES PIENSO QUE HA SIDO EL PROPIO DIOS EL QUE NOS HA DADO OTRA OPORTUNIDAD.
¿POR QUÉ DICES ESO?
¿NO LO RECUERDAS?... NOS LO ESTÁBAMOS CARGANDO TODO... TALÁBAMOS LOS BOSQUES, CONVERTÍAMOS LOS RÍOS EN LODAZALES, POLUCIONÁBAMOS LA ATMÓSFERA, HABÍAMOS HECHO DE LAS CIUDADES NIDALES DE GENTE NECIA Y EGOÍSTA...
7-13

AHORA LA NATURALEZA VUELVE A CRECER LIBREMENTE, UN NUEVO PARAÍSO CREADO SOBRE LAS RUINAS DE NUESTRA ESTUPIDEZ.
¡PLAF... PLAF PLAF
¡¡BRAVO!!...UN MAGNÍFICO DISCURSO...PERO OLVIDAS ALGO, HABRÍA QUE ESCUCHAR LA OPINIÓN DE LOS QUE HAN MUERTO, PREGUNTARLES SI DESEABAN SERVIR DE ABONO PARA TU PARAÍSO...
¡¡PAPÁ...UN GRUPO DE GENTE!!
¿QUÉ VAS A HACER? ¡¡NO!! ¡¡ESCÚCHAME!!
QUIERO QUE VEAN QUE ESTAMOS ARMADOS.
PREFIERO QUE ME ROBEN TODO LO QUE TENGO ANTES QUE MANCHARME LAS MANOS CON SANGRE ...¿COMPRENDES?
ESTÁS LOCO.
8-13

¿EN QUÉ PODEMOS AYUDAROS?
ESA VACA... NOS GUSTARÍA COMPRÁRSELA... PODEMOS LLEGAR A UN BUEN TRATO.
LO SIENTO, AMIGO, NO PUEDE SER, TODO LO MÁS QUE PUEDO OFRECEROS SON TRES PIEZAS DE QUESO CASERO.
¿QUESO?... DIOS MÍO, HACE SIGLOS QUE NO LO COMO.
ACARÍCIALO SI QUIERES. ES MUY MANSO.
¿CÓMO SE LLAMA?
BLACK... ES MUY BUENO CAZANDO CONEJOS.
¡BOOING!
¡¡LARGO!!... VOY A CONTAR HASTA TRES Y EMPEZARÉ A DISPARAR... ¡¡UNO...!!
9-13

¡¡HAS MATADO A MI HERMANO!! ¡¡CABROOOÓN!!
¡BOOANG!
¡BOOUM!
¡BOUM
¡BOOANG!
¡BOOUM!
¡¡ERES UN PUERCO ASESINO!!
¡AUG!
¡ROOF!
10-13

¡¡ESTÚPIDO!!
¡¡ESTÚPIDO!!
¡¡BASTA!!... ¡¡VAS A MATARLO!!
SE LO MERECE... POR TODO LO SANTO... IBAN A LIQUIDARNOS TRANQUILAMENTE MIENTRAS ÉL JUGABA A TENDEROS.
MIENTES... ERAN BUENA GENTE... COMO NOSOTROS... ¡¡SÓLO TÚ ERES UNA BESTIA!!
¿Y ESTA ESCOPETA?... NO TE DICE NADA.
NOSOTROS TAMBIÉN TENEMOS UNA... LA QUE HAS USADO PARA MATARLOS... ¡¡VETE!! NO QUIERO VOLVER A VERTE MÁS.
ESPERA, AMIGUITA... ANTES DE LARGARME QUIERO QUE ESCUCHES UN PAR DE COSAS.
11-13

VAMOS, BASTARDO... ¿CUÁL ERA EL PLAN?... ¡¡CÓMO IBAIS A LIQUIDARNOS!!... ¡¡GRÍTALO O TE AHOGO!!
COOF
COF... COF... GOOF...
EL NIÑO... LO COGERÍAMOS COMO REHÉN... Y DESPUÉS...
NOS HUBIESEN CORTADO EL CUELLO... ¿LO HAS OÍDO, ESTÚ...?
¿NO LO HABÉIS OIDO?... NO... NO LO HABÉIS OÍDO.
SUPE QUE NUNCA LLEGARÍAN FUERA DE LA CIUDAD... LA GENTE COMO ELLOS NO TENÍA NINGÚN FUTURO.
NO PODÍA QUEJARME, EN RAÍCES PROFUNDAS AL ALAN LADD LE METÍAN UN BALAZO... ESTABA ENTERO... Y NUNCA ME HABÍA GUSTADO LA IDEA DE EMPUÑAR UNA AZADA.
FIN
12-13

A. SEGURA
AQUEL VERANO HACÍA UN CALOR DE MIL DEMONIOS EN LA CIUDAD, Y LAS LLAMAS QUE ESTABAN CONVIRTIENDO EN CENIZAS TODO EL GÉNERO AMONTONADO EN MI ALMACÉN NO AYUDABAN PRECISAMENTE A REFRESCAR EL AMBIENTE.
SÓLO ME QUEDABA UN CONSUELO... ALGÚN HIJO DE PERRA IBA A SUDAR MUY PRONTO LÁGRIMAS DE SANGRE POR AQUELLO.
HOMBRE ¿Alguien Sabe Tocar la Flauta?
¿QUIÉN HA SIDO?
NO LE CONOCES. APARECIÓ POR LA ZONA HACE UNAS SEMANAS Y AÚN NO HA DEJADO DE CREAR PROBLEMAS... SE LLAMA JUAN HURTADO Y DICE QUE ES MÉDICO.
VINO CON UN GRUPO ARMADO, ENTRARON A SACO EN EL ALMACÉN Y EN UNOS SEGUNDOS LE PEGARON FUEGO A TODO... TE JURO QUE NO PUDIMOS HACER NADA...
VAMOS, BLANCANIEVES... TENEMOS QUE HACER UNA VISITA SOCIAL.
1-14

UNAS HORAS DESPUÉS...
¿SABES DÓNDE PUEDO ENCONTRAR A JUAN HURTADO?
CASI LE ESTÁS PISANDO EL TRASERO, ES AQUEL, EL DE LA CHAQUETA BLANCA ...Y TRÁTALE DE USTED CUANDO LE HABLES.
ASÍ QUE TÚ ERES EL CERDO QUE HA INCENDIADO MI ALMACÉN.
UN MOMENTO... NO PUEDO ATENDERLE AHORA... HABLE CON MI AYUDANTE.
¡¡MALDITO CRETINO!!... ¡¡TE VOY A SALTAR LA TAPA DE LOS...!!
¡¡QUIETO, AMIGO!!... YO SOY EL QUE DA LOS NÚMEROS PARA LA CONSULTA.
VEA, DOCTOR HURTADO... TENÍA USTED RAZÓN...
LA TUBERÍA ESTÁ LLENA DE RATAS MUERTAS.
MAGNÍFICO, UNA PRUEBA MÁS PARA MI TEORÍA... TAPONA LAS SALIDAS.
12-14

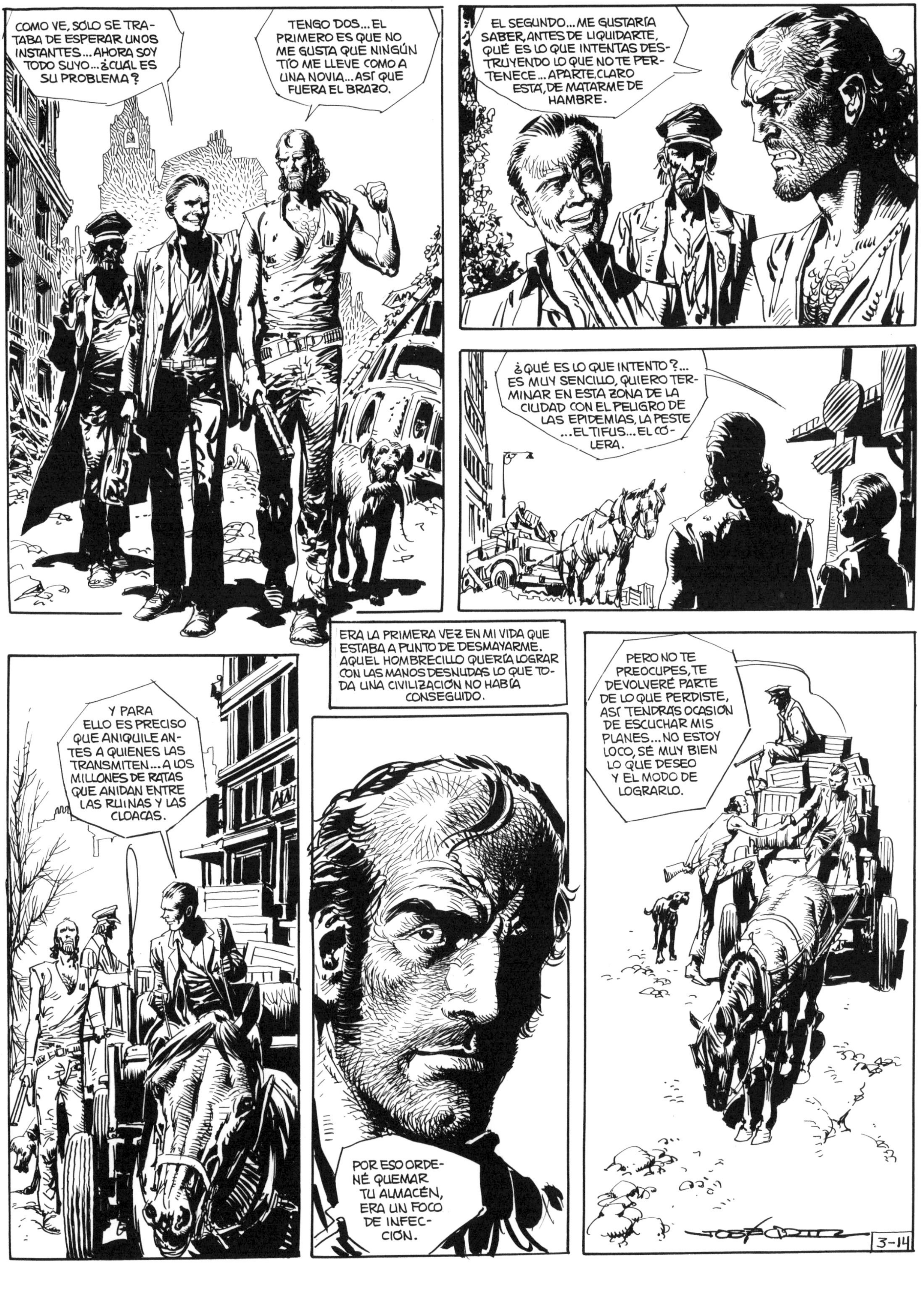
COMO VE, SÓLO SE TRATABA DE ESPERAR UNOS INSTANTES... AHORA SOY TODO SUYO... ¿CUÁL ES SU PROBLEMA?
TENGO DOS... EL PRIMERO ES QUE NO ME GUSTA QUE NINGÚN TÍO ME LLEVE COMO A UNA NOVIA... ASÍ QUE FUERA EL BRAZO.
EL SEGUNDO... ME GUSTARÍA SABER, ANTES DE LIQUIDARTE, QUÉ ES LO QUE INTENTAS DESTRUYENDO LO QUE NO TE PERTENECE... APARTE, CLARO ESTÁ, DE MATARME DE HAMBRE.
¿QUÉ ES LO QUE INTENTO?... ES MUY SENCILLO, QUIERO TERMINAR EN ESTA ZONA DE LA CIUDAD CON EL PELIGRO DE LAS EPIDEMIAS, LA PESTE ... EL TIFUS... EL CÓLERA.
Y PARA ELLO ES PRECISO QUE ANIQUILE ANTES A QUIENES LAS TRANSMITEN... A LOS MILLONES DE RATAS QUE ANIDAN ENTRE LAS RUINAS Y LAS CLOACAS.
ERA LA PRIMERA VEZ EN MI VIDA QUE ESTABA A PUNTO DE DESMAYARME. AQUEL HOMBRECILLO QUERÍA LOGRAR CON LAS MANOS DESNUDAS LO QUE TODA UNA CIVILIZACIÓN NO HABÍA CONSEGUIDO.
POR ESO ORDENÉ QUEMAR TU ALMACÉN, ERA UN FOCO DE INFECCIÓN.
PERO NO TE PREOCUPES, TE DEVOLVERÉ PARTE DE LO QUE PERDISTE, ASÍ TENDRÁS OCASIÓN DE ESCUCHAR MIS PLANES... NO ESTOY LOCO, SÉ MUY BIEN LO QUE DESEO Y EL MODO DE LOGRARLO.
3-14

EN ALGO NO ME HABÍA MENTIDO, AQUEL SÓTANO PARECÍA LA CUEVA DE ALÍ BABÁ.
TODA MI GENTE TRABAJA PARA EL MISMO FIN... EMPEZAR LA RECONSTRUCCIÓN DE LA CIUDAD ...Y PARA ELLO ES NECESARIO...
...TERMINAR CON LAS REPUGNANTES, SUCIAS Y ASQUEROSAS RATAS ...ESA PARTE DE LA CANCIÓN YA ME LA SÉ.
ÉCHAME UNA MANO.
PRIVÁNDOLES DE COMIDA, ENCERRANDO NUESTRAS PROVISIONES EN SÓTANOS EN LOS QUE NO PUEDAN PENETRAR.
GRREEGG...
¿QUÉ TE PASA, BLANCANIEVES?
¡¡COÑO, AYÚDAME!!
¡GRRRGG...!
¡AAGHHHH-OHHH!
¡¡¡HHHHH...
¡¡¡¡¡¡¡HHHHH
¡AAGHHHHHH!
¡¡NO... OTRA VEZ NOOOOOOO!!
4-14

¡¡CORRE HACIA LA PUERTA!!
¡¡CIERRA YA!!
¡¡AAAHHH!!
LEVÁNTATE, YA NO HAY PELI... ¡¡POR TODO LO CREADO!!
ELLAS ME LO HICIERON, HACE AÑOS COMIERON MI CARNE Y AHORA BUSCAN MATARME... PORQUE SÉ SU SECRETO... ¡SU SECRETO!
5-14

HURTADO SE NEGÓ A CONFIARME CUÁL ERA SU **TERRIBLE SECRETO** Y YO ESTABA DEMASIADO CANSADO PARA OBLIGARLE A HACERLO POR LA FUERZA... NUNCA ME HA GUSTADO PEGAR A LOS LOCOS Y ÉL LO ERA.
A LA MAÑANA SIGUIENTE SE REUNIÓ CON SU GENTE. LE SEGUÍ COMO UNA SOMBRA, NO QUERÍA PERDERME NINGÚN CAPÍTULO DE AQUELLA FARSA DE TERROR.
HA LLEGADO EL MOMENTO DE PONER EN MARCHA NUESTROS PLANES. DINAMITAREMOS LOS EDIFICIOS, CERCAREMOS LAS RUINAS CON LLAMAS Y ACABAREMOS CON **ELLAS**.
PERO SERÁ EN LAS CLOACAS DONDE LIBRAREMOS LA ÚLTIMA BATALLA. ALLÍ TIENEN SU GUARIDA LAS MÁS INTELIGENTES, LAS QUE PLANEAN APODERARSE DE LA CIUDAD... Y MÁS TARDE DEL MUNDO ENTERO.
QUE NOS DEVUELVA TODA LA COMIDA QUE LE HEMOS DADO.
ESTÁ COMO UN CENCERRO.
CREEDME... ELLAS HAN SIDO PACIENTES... HAN ESPERADO SIGLOS ESTE MOMENTO... ESCONDIDAS... ACECHÁNDONOS... ENVENENANDO EL AGUA... TRAYÉNDONOS LAS ENFERMEDADES... ¿NO LO COMPRENDÉIS?...
¡¡QUIEREN TOMAR NUESTRO LUGAR!!
TODO TIENE SU FIN, Y NO ME APETECÍA ASISTIR A UN LINCHAMIENTO, ASÍ QUE DECIDÍ VOLAR.
¡¡NOS HAS ENGAÑADO!!
6-14

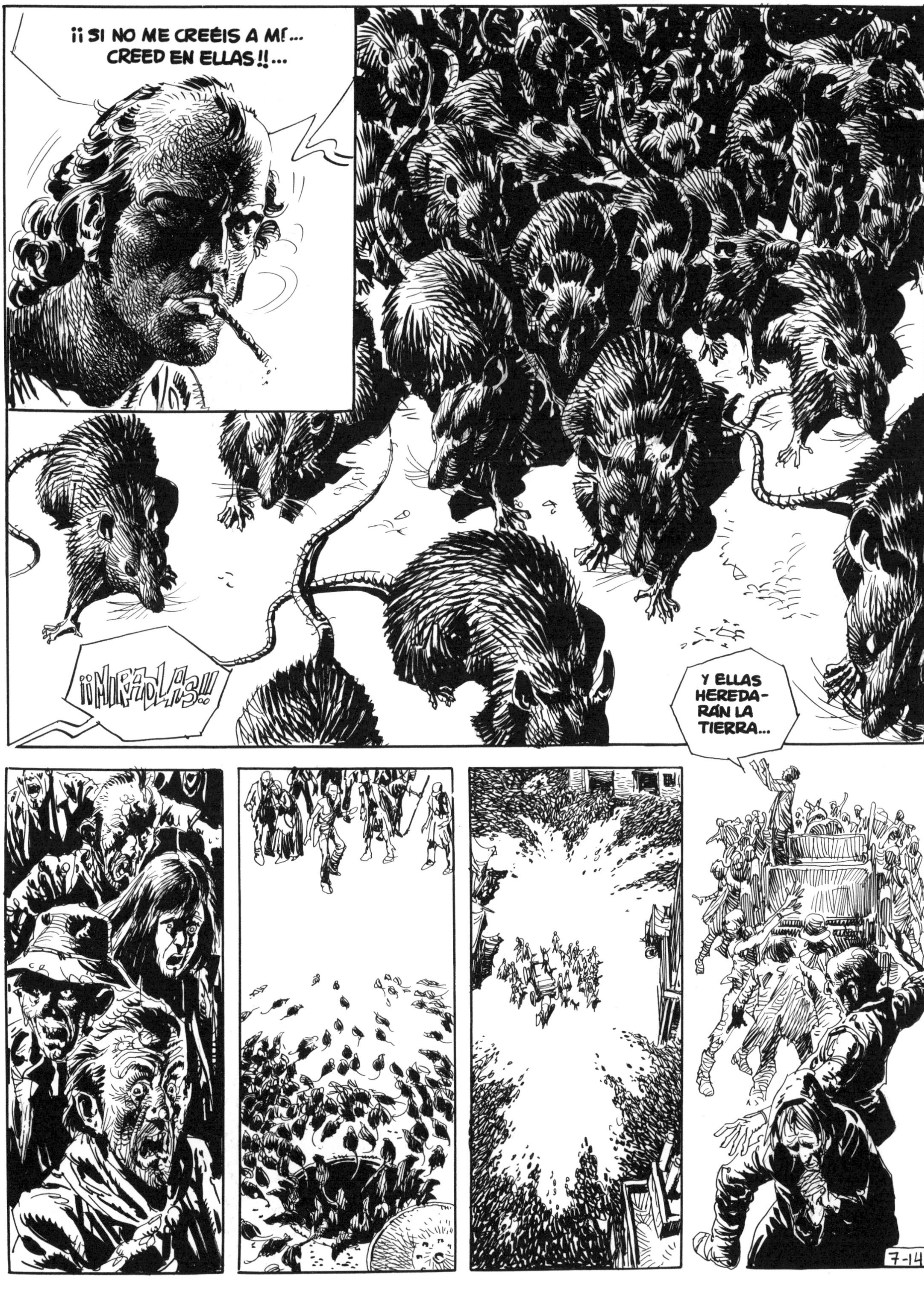
¡¡SI NO ME CREÉIS A MÍ...
... CREED EN ELLAS!!...
¡¡MIRADLAS!!
Y ELLAS HEREDA-RÁN LA TIERRA...
7-14

¡¡AÚN NO... AÚN NO!!
¡¡ HIIIIAAAA!!
¡¡ HIIIIIIAAAA!!
JOSÉ ORTIZ
8-14

¡HOOOOOHHH...!
¡AGH!
9-14

¡¡EL COCHE!! ...¡ES NUESTRA ÚNICA SALVACIÓN!
¿EL COCHE?...
¡VEN HACIA AQUÍ!... ¡¡RÁPIDO!!
ESPÉRAME... QUIERO CONTARTE UNA HISTORIA...NADIE LA CREE, PERO ES CIERTA...
ME PERDÍ EN LAS CLOACAS... ERA MUY NIÑO, Y LAS RATAS ME ATACARON...SIN SABER CÓMO, ENCONTRÉ UN SITIO DONDE NO LLEGABAN...CUÁNTO MIEDO PASE...Y TODA AQUELLA SANGRE...
¡¡NO TE DETENGAS!! ...SÓLO UNOS METROS MÁS...
...Y EL DOLOR EN MI PECHO...Y ENTONCES LO DESCUBRÍ ...EMPECÉ A ENTENDER SUS CHILLIDOS...COMPRENDÍA LO QUE DECÍAN... Y ERA HORRIBLE... HORRIBLE...
10-14

¿ME ESCUCHAS?
NADIE ME HA ESCUCHADO JAMÁS... JAMÁS.
¡POMG! ¡POMG!
¡¡ABRE...!! ¡¡QUIERO CONTARTE EL FINAL DE MI HISTORIA!!
¡¡CIERRA EL PICO!!...¡MUÉRETE YA, BASTARDO!
SÍ... ESE ES EL FINAL.
¡IIIIIIIII...! ¡IIIIHHGGSS...!
¡IIIIHHHH...!
11-14

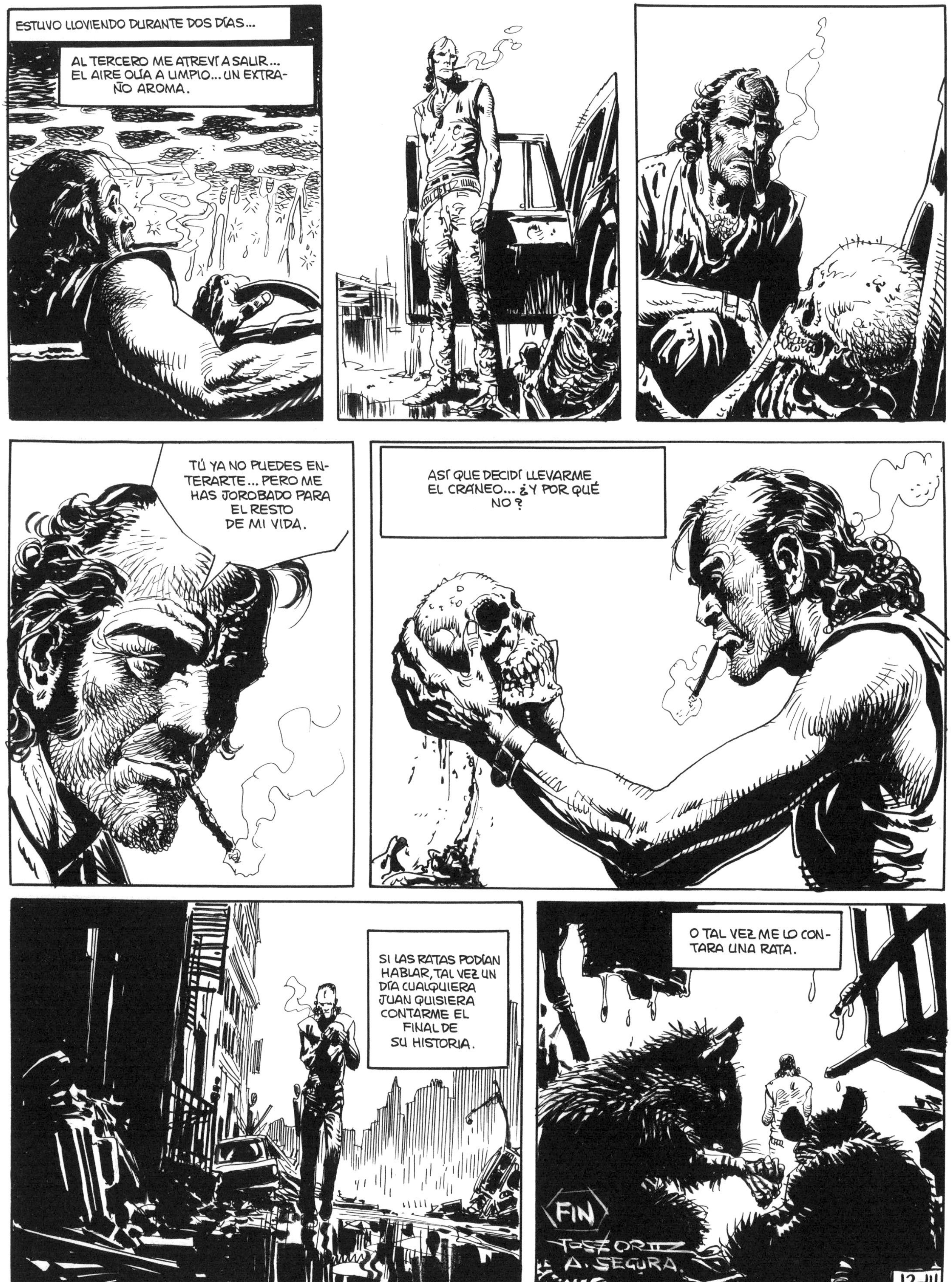
ESTUVO LLOVIENDO DURANTE DOS DÍAS...
AL TERCERO ME ATREVÍ A SALIR... EL AIRE OLÍA A LIMPIO... UN EXTRAÑO AROMA.
TÚ YA NO PUEDES ENTERARTE... PERO ME HAS JOROBADO PARA EL RESTO DE MI VIDA.
ASÍ QUE DECIDÍ LLEVARME EL CRÁNEO... ¿Y POR QUÉ NO?
SI LAS RATAS PODÍAN HABLAR, TAL VEZ UN DÍA CUALQUIERA JUAN QUISIERA CONTARME EL FINAL DE SU HISTORIA.
O TAL VEZ ME LO CONTARA UNA RATA.
FIN
JOSÉ ORTIZ
A. SEGURA.
12-14

HOMBRE
LAS PRIMERAS NIEVES NOS HABÍAN ATRAPADO EN EL BOSQUE QUE RODEABA LA CIUDAD.
AL PRINCIPIO NADIE SE PREOCUPÓ. TENÍAMOS SUFICIENTES PROVISIONES PARA AGUANTAR UNAS SEMANAS, Y LEÑA CON QUE CALENTARNOS LOS HUESOS.
LUNA LLENA
NOS DEDICAMOS A VERLA CAER... ALGÚN DÍA TENDRÍA QUE PARAR, NO PODÍA NEVAR ETERNAMENTE.
ESTABAMOS EQUIVOCADOS. LO COMPRENDIMOS CUANDO AGOTAMOS LA ÚLTIMA RACIÓN Y EL HAMBRE EMPEZÓ A PATEARNOS LAS ENTRAÑAS... MIENTRAS LA NIEVE SEGUÍA CAYENDO LENTAMENTE.

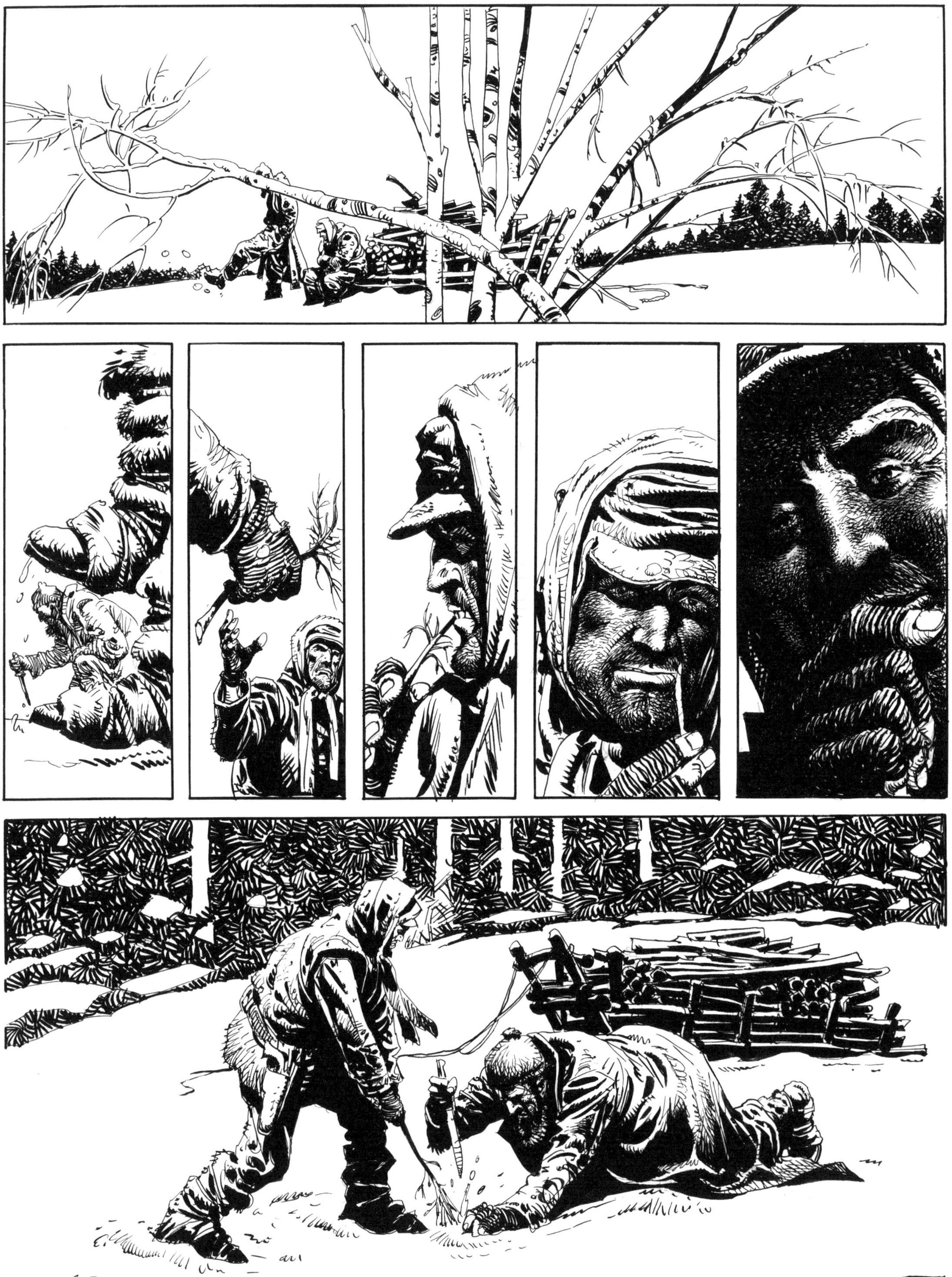
2-15

AAUUUUUUUU...!
!?!
?!!
¡BAMG!
¡BAMG!
¡BAMG!
AAUUIIIIIH...!
¡BAMG!
3-15

¡¡AYÚDAME A TREPAR... TE LO SUPLICO!!
¡¡DEMASIADO TARDE...!! ...¡¡DOS BALAS MÁS, Y AL INFIERNO!!
DISPÁRALE AL GRIS... ES EL JEFE... SI LE MATAS, LOS DEMÁS HUIRÁN...
CIERRA EL PICO... ESTO NO ES UNA PELÍCULA DE INDIOS Y VAQUEROS.
¡¡MÁTALE!!
¡¡UNA!!
¡BANG!
¡BANG!
¡HA FUNCIONADO! ...¡¡SE LARGAAAN!!
¡¡LES HEMOS DADO UNA BUENA PALIZA A ESAS BESTIAS!!
ERES UN CÍNICO, MIGUEL... CON TAL DE SUBIRTE AL ÁRBOL Y PONERTE A SALVO, HUBIERAS USADO A TU PROPIA MADRE COMO ESCALERA.
SEAMOS SENSATOS, LOS DOS SOMOS DE LA MISMA ESCUELA...
SI ALGUIEN GRITA... "SÁLVESE QUIEN PUEDA"... SÉ QUE SE ESTÁ REFIRIENDO A MÍ... Y PATEO A QUIEN SE PONGA POR DELANTE...
4—15

DÉJALO... MÁS TARDE PODREMOS VENIR A POR ELLOS.
DE ESO NADA, EN UNAS HORAS LOS HABRÁN DEVORADO LAS ALIMAÑAS...
VAMOS A LLEVÁRNOSLOS A TODOS... ESTA NOCHE... GRAN PARRILLADA DE CARNE DE PERRO A LA BRASA.
VEAMOS ESTE OTRO... ¡¡GLUBB!! ...SE ME HACE LA BOCA AGUA.
ESTE NO, ES UN MONTÓN DE HUESOS.
¡¡¡!
¡¡ ES INCREÍBLE !! ...
AÚN VIVE, LA BALA SÓLO LE ROZÓ LA SIEN... ES PRECIOSA.
CRIADA POR LOS PERROS, VIVIENDO CON ELLOS Y CAZANDO COMO UNO MÁS ...APARTA... VOY A REMATARLA.
5-15

¿QUÉ DICES...?
LE VOY A HACER UN GRAN FAVOR Y NI SIQUIERA SE VA A ENTERAR... ¡¡SUÉLTAME!!
PERO ¿NO LO ENTIENDES?... ES UNA NIÑA.
NO ME DIGAS ...CUANDO VENÍA CORRIENDO CON LOS DIENTES AL AIRE LA TOMÉ POR UN PERRO SALVAJE... Y ESO ES LO QUE ES.
DÉJAME DARLE UNA OPORTUNIDAD... PUEDO AYUDARLA A QUE VUELVA A SER HUMANA... PUEDO INTENTARLO.
TE CREÍA MÁS DURO, ESTE NO ES TU ESTILO...
BIEN... MÉTELA EN EL TRINEO.
CUANDO DESPIERTE TEN CUIDADO, LO PRIMERO QUE HARÁ SERÁ BUSCAR TU YUGULAR.
Y TENDRÁS QUE PEGARLE UN TIRO.
6-15

UNAS HORAS DESPUÉS.
¿ESTÁ BIEN SUJETA A LA PARED?
VAMOS, NO ME DIGAS QUE LE TIENES MIEDO A LA CRÍA.
MIENTRAS SIGA GRUÑENDO Y ENSEÑANDO LOS DIENTES... ¡¡SÍ!!
ALGUIEN TENDRÁ QUE LAVARLA ...APESTA A CARROÑA.
DEJADLA EN PAZ Y AYUDADME A DESTRIPAR A ESTE ANIMAL...
QUIERO CENAR DE UNA PUÑETERA VEZ.
TENDREMOS QUE PONERLE UN NOMBRE.
LO QUE TENEMOS QUE PONERLE ES UN BOZAL...
GGRRRRGG...! GGRRRRGG...!
ESTO TE VA A DOLER UN POCO.
MIRAD CÓMO SE RASCA ...IGUAL QUE UN PERRO.
YA NO ESPERO MÁS, VOY A CORTAR MI PARTE.
GGRRRREEGGG...!
¡EHHH!
7-15

GUAAGRR!
¡¡¡¡AAARAAGGG...!
¡¡MIERDA!!
AAUUUAARIIIIIGGG...!
¡¡FUERA!!...
¡¡¡¡¡¡¡¡ÍÍÍÍH
8-15

¡¡DADME UNA PISTOLA!!...¡¡TERMINEMOS DE UNA VEZ!!
¡¡NO!!
¡!
YA LA TENGO.
SEGURO QUE LA TIENES... TE LA REGALAMOS ENTERA.
COGE TUS COSAS Y BUSCA UNA HABITACIÓN... LLÉVATE A ESO CONTIGO, CUANDO CONSIGAS QUE TOQUE EL PIANO SIN DESAFINAR NOS LA PRESENTAS... Y SI NO TE GUSTA EL PLAN... LARGO.
A LA CRÍA LE HA PERDIDO EL CARIÑO A LOS SUYOS ...DIME...
¿NO ATACARÍAS TÚ AL ANIMAL QUE ESTA DESPEDAZANDO A UNO DE TUS HERMANOS?
9-15

HABÍA PASADO UNA SEMANA. A MIGUEL SÓLO LE VEÍAMOS CUANDO VENÍA A POR SU RACIÓN DE COMIDA.
A ELLA LA OÍAMOS AULLAR.
EN EL CIELO BRILLABA LA LUNA LLENA.
CREO QUE VOY A GANARTE ESTA MANO.
¿CREES QUE LOGRARÁ ALGO? ...HACER QUE HABLE, O QUE SE PONGA DE PIE.
NO... LOS SERES HUMANOS SOMOS BESTIAS APENAS DISFRAZADAS POR UNA DELGADA CAPA QUE LLAMAMOS CIVILIZACIÓN O CULTURA... SOMOS LO QUE SE NOS ENSEÑÓ A SER.
SI DESAPARECE LA EDUCACIÓN DE LA PROPIA ESPECIE... VOLVEMOS DE GOLPE AL PRINCIPIO... A AULLARLE A LA LUNA... JE, JE, JE... TARZÁN DE LOS MONOS ERA UN FARSANTE... LA NIÑA ES LA ÚNICA REALIDAD.
¡¡¡HUAAAARGGG!!...
¡BAM!
ESTÁ CERRADA POR DENTRO.
¡¡APÁRTATE!!
10-15

¡SPLAM!
¡AAAAAAHHH!...
¿?
ESTÁ MUERTA.
HACED ALGO... ME ESTOY DESANGRANDO.
¿CÓMO HA PODIDO MORDERTE PRECISAMENTE AHÍ?... ¿QUÉ LE ESTABAS OBLIGANDO A HACER?
¿ASÍ LA AYUDABAS A VOLVER A SER HUMANA?... ¿FORNICÁNDOTELA POR LA FUERZA?
...NECESITABA UNA MUJER PARA NO VOLVERME LOCO... CUALQUIER MUJER.
11-15

DEBÍ PEGARLE UN TIRO EN EL BOSQUE... O HABERLA DEJADO A SU SUERTE.
SI TE PONES A LLORAR... YO ME PONDRÉ A REÍR.
QUE NO TE AFECTE UNA SOLA Y RIDÍCULA MUERTE... RECUERDA EL LÍBANO... VIETNAM... CHILE... ¡¡BAHH!! SÓLO SOMOS UNOS CARNICEROS ESPECIALIZADOS.
EL VIEJO TENÍA RAZÓN... ÉRAMOS BESTIAS APENAS DISFRAZADAS.
AAUUUUHHHH!!...
AAAA¡¡
© JOSÉ ORTIZ y ANTONIO SEGURA
FIN
DESTINADAS A VOLVER A AULLARLE A LA LUNA LLENA.
12-15

HOMBRE
NAVIDAD... DULCE NAVIDAD
..."TÚ AÚN ERES JOVEN, PUEDES ESCAPAR DE LA CIUDAD, PASAR EL CERCO DEL EJÉRCITO Y HUIR AL CAMPO... ALLÍ HAY GENTE QUE LU-CHA POR EVITAR QUE LA CIVILIZACIÓN SE HUN-DA EN LA BARBARIE... LES SERÁS ÚTIL."
TOMÁS NO ME MENTÍA. LA CIUDAD, MI CIUDAD, SE ESTABA CAYENDO A TROZOS Y YO CON ELLA.
¿Y POR QUÉ NO? LA CIUDAD ME HABÍA HECHO COMO SOY Y YO HABÍA HECHO A LA CIUDAD, ERA JUSTO QUE COM-PARTIÉRAMOS LA MISMA SUERTE... AUN SABIENDO QUE SOLO LA VIOLENCIA ME AYUDARÍA A SOBREVIVIR EN ELLA A LOS DE MI MISMA CALAÑA.
DECIDÍ CONTESTARLE, LO HICE POR-QUE SABÍA QUE SE ESTABA MURIENDO.
NO, VIEJO, SOY PARTE DE UNA GENERACIÓN MALDITA Y ÉSTE ES EL INFIERNO QUE NOS MERECEMOS... NOS LO GANAMOS A PULSO... EL CAMPO ESTÁ MUY LEJOS PARA MÍ Y SIEMPRE ME HA CANSADO CAMINAR.
TOMÁS NO ME CONTESTÓ. NO ME MOLES-TÉ EN ENTERRARLE, LAS RATAS HARÍAN MEJOR EL TRABAJO... Y A LA GENTE DE MI CIUDAD LE ENCANTAN LAS RATAS GORDAS.
ZA
EL PROGRESO
JOSE ORTIZ y A. SEGURA.

CARNE DE RATA CON PATATAS... PATATAS CON CARNE DE RATA... RATA ESTOFADA... RATA A-SADA... ¡ES PARA PEGARSE UN TIRO!
POR MÍ ADELANTE... ME COMERÉ TU RACIÓN Y HERE-DARÉ TUS BONITAS BOTAS.
HAY QUE HABLAR CON HOMBRE, QUE NEGOCIE EL MATERIAL QUE TENEMOS, Y BUSCARNOS UNA BUE-NA CENA PARA DEN-TRO DE TRES DÍAS... ESO DEBERÍAMOS HACER.
¿Y PUEDE SABERSE QUÉ TIENE DE ESPECIAL ESE DÍA?... ¿ES EL JUICIO FI-NAL O QUÉ?
... PERO... ¿LO HAS OLVI-DADO...? ¡¡ES NAVI-DAD!!
...¿NA-VIDAD?
¡¡NAVIDAD... ¿LE HABÉIS OÍDO?...!! ¡¡AAAAHHHH!!
¡¡BASTA DE CACHON-DEO!!...
¡¡ME MEO...!! ¡¡ME ESTOY MEANDO VIVO!!...
¡PLAS!

QUE AHORA SEAMOS UNOS CARROÑEROS DE MIERDA NO OS DA DERECHO A BURLAROS DE ALGO QUE PARA MÍ ES SAGRADO...
TAL VEZ VOSOTROS NUNCA LO CONOCISTEIS... PERO ANTES DE QUE EL MUNDO SE VOLVIERA LOCO... EN MI CASA... MIS ABUELOS, MIS PADRES, MIS HERMANOS ... ¡¡CELEBRÁBAMOS LA SANTA NAVIDAD!!
CIERRO LOS OJOS... Y LOS VEO... RODEANDO LA MESA... LLENA DE BOTELLAS DE CHAMPÁN... PAVO ASADO... TURRONES... JAMÓN... HELADOS DE CHOCOLATE... CONEJO AL AJILLO...
YO DE ESO NADA... ERA MU JOVEN YO ENTONCES...
MERMELADA CASERA... ¿NO OS ACORDÁIS AHORA?
SÍ, GORDO, NOS VAMOS ACORDANDO... ¿NO ES ASÍ, ROQUE?
MI MADRE YA ME DESTETÓ CON CARNE DE PERRO.
¿...? PERO...
ESTO NOS LO VAS A PAGAR CON SANGRE...
ERES UN MAMÓN... ME HAS JOROBADO LAS DIGESTIONES HASTA QUE ME MUERA.
¡¡DEJA QUE LE PINCHE!!
¡¡NOO... NOOOO... ERA UNA BROMA!!
¡CROCH!
¡CRAS!
¡¡AAAAA... ME HA MORDIDO!!! ...
¡PLOF!
¡CLOP!

¡BANG!!
¡¡QUÉ DIABLOS PASA!! ...¡TÚ, GORILA... SUÉLTALO!
JO, QUÉ BOQUETE TE HAS HECHO ...SI LLUEVE, TENDREMOS GOTERAS.
¡¡CUIDADO, HOMBRE!!... ESTO NO ES UN PARVULARIO, TE ESTÁS PASANDO EN TU PAPEL DE JEFAZO.
¡¡COFF ...COFF!!
¡¡HUGG...!!
LA CULPA LA TIENE EL GORDO, QUES MU BORDE... LOS HA PUESTO A PARIR CON LA NAVIÁ... ESA... Y SE LES HA ATRAGANTAO EL PUCHERO DE RATA... ¿QUIES UN POCO?... ESTÁ MU SABROSA.
TÚ ERES DE MI QUINTA, HOMBRE... ¿NO TE PIDE EL CUERPO UNA BUENA CENA NAVIDEÑA?... COMO EN LOS VIEJOS TIEMPOS ...¿EH?
...Y YO ME VESTIRÍA DE SANTA CLAUS...
¿Y POR QUÉ NO?...

¿ME REGALAS LA COLILLA?... VAMOS, TÍO, QUE YA LA TIENES MUY CHUPADA...
EL GORDO SE HABÍA SALIDO CON LA SUYA, Y COMO DULCES MUJERCITAS NOS FUIMOS A HACER LA COMPRA.
EL CHINO TIENE MONTADO EL NEGOCIO A MEDIAS CON LOS MILITARES... O AL MENOS ESO ES LO QUE CUENTAN SUS HOMBRES.
¡¡DÁMELO!!
LO CIERTO ES QUE SÓLO EL CHINO CONSIGUE PASAR ANIMALES VIVOS POR LA FRONTERA... SOBRE TODO VACAS. Y SI LOS DEL EJÉRCITO NO ESTUVIERAN LIADOS EN EL ASUNTO, YA LES HABRÍAN ASADO A TIROS MIL VECES.
ESA ES SU GUARIDA. SU GENTE DOMINA TODA ESTA PARTE DEL ANTIGUO METRO, Y TIENEN MAL CARÁCTER... ASÍ QUE PROCURA SONREÍR.
¿POR QUÉ?... NO INTENTO LLEVÁRMELOS A LA CAMA, SÓLO COMPRARLES UNA VACA.
MUCHO GAS TENÉIS QUE QUEMAR PARA PODER VIVIR EN ESTA TOPERA.
TENEMOS MÁS QUE SUFICIENTE, Y COMO DICE EL CHINO, QUIEN VENGA A BUSCARNOS AL TÚNEL ES MEJOR QUE SE TRAIGA EL ATAÚD A CUESTAS... ¿COMPRENDES?
PUES CLARO QUE LO COMPRENDÍA. UN SOLO RIFLE PODÍA DETENER EN AQUEL TÚNEL A TODO UN GRUPO ARMADO... ¡VER PARA APRENDER!

ENTRAD EN EL VAGÓN, AHÍ CERRARÉIS EL TRATO... SI ES QUE LO QUE TRAÉIS VALE ALGO.
¡¡ MÍRALAS !! ... ¡¡ NO SE TE HACE LA BOCA AGUA CON SOLO VERLAS !!
BAJA DEL CIELO, GORDO, PRIMERO TENEMOS QUE SABER SU PRECIO.
TODO VALE MENOS LOS ANTIBIÓTICOS, ESTÁN CADUCADOS DE FECHA... ¿CUÁNTA CARNE QUIERES POR EL RESTO?
UN ANIMALITO ENTERO, ESA ES MI IDEA.
¡ JI, JI, JI, JA, JA, JA, JA, JA ... !
¿HE DICHO ALGO GRACIOSO?
NUNCA SERVIMOS ANIMALES ENTEROS... ES NORMA DE LA CASA.
Y AUNQUE LO HICIÉSEMOS, POR ESE MONTÓN DE BASURA NO TE DOY MÁS DE TRES KILOS... ¿ENTIENDES?
¿COMPRENDES?... ¿ENTIENDES?... YA EMPEZABA A CANSARME.
VALE, CHINO, VOLVERÉ UN DÍA DE ESTOS CON MÁS MERCANCÍAS, A LO MEJOR CUANDO LAS VEAS ME VENDES A TA PESO HASTA TU PROPIA MADRE.
EL CHINO NO ME CONTESTÓ, MI PROPUESTA PARECÍA ENCANTARLE Y LE DEJÉ RIÉNDOSE.

¿SEGURO QUE ENTRAN POR ESTE PASO A LA CIUDAD ?
PUES CLARO QUE SÍ, EL TÍO ESTABA DEMASIADO BORRACHO PARA MENTIRME ... ¡MIRA !
MI PLAN ERA MUY SENCILLO, YA QUE NO PODÍAMOS COMPRARLE LA VACA AL CHINO, SE LA ROBARÍAMOS A PUNTA DE METRALLETA.
¡AHÍ LOS TIENES !
¡A VUESTROS SITIOS ! Y... CUIDADO, LLEVAN UNA AMETRALLADORA. SI NO LES CAZAMOS A LA PRIMERA, VOLVEREMOS A LA DIETA DE RATA.
DEJA QUE LES TIRE ESTAS GRANADAS.
TRÁGATELAS, ESTÚPIDO, QUIERO UN BUEN SOLOMILLO Y NO UN PICADILLO DE CARNE DE VACA.
¡AHORAA!
TA
TA
TRA
TA
TRA
TA-TA
TA-TA
TRA
Y NINGUNO DE AQUELLOS DESGRACIADOS DEBÍA SOBREVIVIR PARA IRLE CON EL CUENTO AL CHINO.

TRA-TA TRA-TA-TRA-TA
TA-TA
¡CRAKK!
¡BROOOHHAMMM....!
¡AUUG!
TRA-TA-TA-TA
¡¡REMÁTAME, CABRÓN!!... TENGO LAS TRIPAS FUERA... ¡LAS RATAS VENDRÁN A COMERME!
MALDITO GORDO, LE HABÍA DICHO QUE SE TRAGARA LAS GRANADAS, Y AHORA TENÍA LA ZAMARRA MANCHADA CON SU SANGRE... ERA UNA LÁSTIMA... LE HABÍA TOMADO APRECIO A AQUEL CHAQUETÓN.
ESTÁ BIEN... NO HACE FALTA INSULTAR...
TA TRA-TA-TA
PERO ¿¡¡QUÉ COÑA ES ÉSTA!!?... ESTAS VACAS SON DE PLÁSTICO... ¿ME OYES, HOMBRE...? ¡SON DE PLÁSTICO!
GORILA NO ME MENTÍA... Y ENTONCES... ¿DE QUÉ ERA LA CARNE QUE VENDÍA EL CHINO?

UNAS HORAS DESPUÉS DE LA CARNICERÍA...
YA ERA HORA DE QUE LLEGARAIS, EL CHINO SE ESTABA PONIENDO NERVIOSO.
TROM- TAK-TA-T
TRA-TA-TA-TRA-TA...
CRIS-TRAF
TRA-TA-TA
BANG
AQUELLO SÍ QUE NO SE LO ESPERABAN...Y ES QUE NADIE ES PERFECTO.
¡¡HOLA, CHINO!! ¿QUÉ TE PARECE LA MERCANCÍA QUE TE HE TRAÍDO?
ESTA VEZ NO HABRÁ REGATEO ...¿ENTIENDES?
POR BIE DE TODOS SEA AMABLE EN EL METRO

¡¡YA ESTOY ZUDANDO!!
¡PLAF!
HABLA DE UNA VEZ, PEDAZO DE MONGÓLICO... MANOLITO ESTÁ ZUDANDO DE TANTO ARREARTE.
AQUELLO TENÍA SU GRACIA. NINGUNO DE LOS HOMBRES SABÍA DE DÓNDE TRAÍA LA CARNE EL CHINO, Y EL CHINO SE HABÍA COSIDO LA LENGUA AL PALADAR.
Y SIN CARNE QUE VENDER NO HABÍA NEGOCIO.
UN RECESO... VAMOS A USAR OTRO SISTEMA.
¡¡JO!!... PARA UNA VEZ QUE ME ESTABA PONIENDO MORADA...
DE NIÑO ME ENCANTABAN LAS PELÍCULAS DE PIRATAS... YA SABES, LA ISLA DEL TESORO... BARBARROJA...
LO QUE MÁS ME GUSTABA ERA CUANDO AL CHICO LO PONÍAN SOBRE LA TABLA Y EL CAPITÁN PIRATA EMPEZABA A ARROJAR AL MAR TROZOS DE CARNE PARA QUE ACUDIERAN LOS TIBURONES.
¡CHOP!
ESTO NO ES EL MAR PRECISAMENTE, NI TÚ ERES EL CHICO DE LA PELÍCULA... NI ÉSAS TIBURONES... ¡¡PERO TE JURO QUE EL RESTO VA A RESPIRAR REALISMO!!
¿TE APETECE DAR EL SALTO?
...NO... TE LO DIRÉ TODO... TODO...
¿TE DAS CUENTA? TALMENTE COMO EN EL CINE, TE SALVAS EN EL ÚLTIMO SEGUNDO.

LO DESCUBRÍ UN DÍA QUE ESTABA CAZANDO RATAS... HACE YA CASI UN AÑO...
QUEDÉ ASOMBRADO, NO PODÍA CREERLO... PERO LEÍ LOS LIBROS DEL ARCHIVO Y VI QUE ERA CIERTO...
YA PUEDES APAGAR LA LÁMPARA, LOS MUY CERDOS MONTARON UN SISTEMA DE ILUMINACIÓN MOVIDO POR ENERGÍA ATÓMICA... TENÍAN TODA LA PASTA DEL MUNDO Y SABÍAN CUIDARSE... PERO EL CHINO LES ENCONTRÓ.
CLÍNICA DAVISON SALIDA DE INCENDIOS
¡MIRADLES BIEN!... AQUÍ ESTÁN DURMIENDO LOS PODEROSOS, LOS PRESTAMISTAS... LOS AMOS DE LA CIUDAD... LOS QUE NOS ESCLAVIZABAN...
NO SE RESIGNARON COMO LOS DEMÁS A MORIR... QUERÍAN SER ETERNOS ...Y LOS METIERON EN ESOS CILINDROS, PARA RESUCITARLOS CUANDO LA VEJEZ Y LA ENFERMEDAD HUBIERAN SIDO VENCIDAS POR LA CIENCIA... ¡OS ENSEÑARÉ A UNO!
¿ÉSA... ÉSA ES LA CARNE QUE HE COMIDO?
ME TEMO QUE SÍ... CHULETA DE CARNE DE MILLONARIO CANCEROSO CONGELADO A LA PLANCHA. TODA UNA ESPECIALIDAD DE LA CASA.
AUUGGG... ANUHHHH...
POR SU EGOÍSMO, POR SU AFÁN DE LUCRO, EL MUNDO SE HUNDIÓ EN LA MISERIA. ¡VIVAN DE NOSOTROS! Y YO ME DIJE... AHORA LOS HAMBRIENTOS VIVIRÁN DE VUESTRA CARNE...
...Y MONTÉ EL NEGOCIO... ¿NO OS PARECE UNA HERMOSA VENGANZA?
NO ESTUVO MAL... PERO ¿SABES?... NO DEBISTE VENDER LA CARNE DE MUERTO AL PRECIO DE LA DE VACA... ¿ENTIENDES? ESO ES TIMAR A LA BUENA GENTE.

EL GORDO SE HUBIERA SENTIDO FELIZ... ERA NAVIDAD, TENÍAMOS UNAS BOTELLAS DE CHAMPÁN Y ALGUNAS GALLETAS RANCIAS. NO ERA UN GRAN BANQUETE, PERO MUCHO MÁS SANO QUE LA CARNE DE "VACA" DEL CHINO...
TOMA, HOMBRE... VAMOS A ALEGRARNOS...
SÍ, EL GORDO SE HUBIERA SENTIDO ORGULLOSO DE NOSOTROS. DESPUÉS DE TODO, TENÍAMOS EL MÁS HERMOSO, ILUMINADO Y DECORADO...
ÁRBOL DE NAVIDAD DE LA CIUDAD... ¿QUÉ MÁS PODÍA PEDIR EN ESTOS TIEMPOS?
INTENTÉ RECORDAR CÓMO ERA...
NAVIDAD... NAVIDAD... DULCE NAVIDAD... ¿ALGUIEN SABE LO QUE SIGUE? ...
NADIE ME RESPONDIÓ... ASÍ QUE LO DEJÉ CORRER.

HOMBRE CON EL BARRO AL CUELLO
AQUELLA TARDE DE ENERO, CARGADOS DE MERCANCÍAS, LLEGAMOS AL CAMPO DE MINAS QUE RODEA LA CIUDAD. CONOCÍAMOS UN PASO QUE NOS PERMITIRÍA BURLAR LOS PUESTOS DE VIGILANCIA DEL EJÉRCITO.
UNA VEZ SALIÉSEMOS AL CAMPO, NO NOS SERÍA DIFÍCIL CAMBIAR LOS RELOJES, LAS GAFAS, LAS JOYAS... TODOS AQUELLOS DESPOJOS ENCONTRADOS ENTRE LAS RUINAS QUE PARA NOSOTROS NO TENÍAN NINGÚN VALOR, POR TRIGO Y ALGÚN ANIMAL EN CUALQUIER PEQUEÑO POBLADO DE AGRICULTORES.
CAMPO DE MINAS
NO TOMAMOS DEMASIADAS PRECAUCIONES, EL EJÉRCITO NO SE MOLESTARÍA POR UN GRUPO TAN PEQUEÑO, Y SI LO HACÍA, SIEMPRE PODRÍAMOS LLEGAR A UN TRATO... AQUELLA ERA LA COSTUMBRE.
16-1

ESTE ALAMBRE ES NUEVO, DEBIERON DE DESCUBRIR EL HUECO Y LO HAN REPARADO A CONCIENCIA.
NO TENÍAN QUE HABERSE MOLESTADO... DAME, YO LO CORTARÉ.
EN UN SEGUNDO OS ABRO PASO.
¡¡AAAAAAG...!
¡FFRREEHSSS...!
¡¡ANTONIO!!
QUIETO... YA NO PUEDES HACER NADA POR ÉL.
HAN ELECTRIFICADO LA ALAMBRADA... ¡¡TIENEN ELECTRICIDAD DE NUEVO!!...
ESO ES IMPOSIBLE... TODO SE DESMORONÓ CUANDO SE PARÓ EL ÚLTIMO MOTOR POR FALTA DE CARBURANTES... Y LA GUERRA ARRASÓ CON EL RESTO... ¿DE DÓNDE SACARÍAN ENTONCES LA ENERGÍA SUFICIENTE PARA...?
NO LO SÉ NI ME IMPORTA... PERO LO HAN HECHO.
16-2

¿QUÉ HACES?
VUELVO A LA CIUDAD, ESTO NO ME GUSTA NADA.
¡MALDITA SEA TU ESTAMPA!...¿Y TODA LA MERCANCÍA?...¿VAMOS A DEJARLA TIRADA?
ESPERA... VOY CONTIGO.
OS LA REGALO TODA.
PERO ¿QUÉ ES LO QUE TEMES?
PREGÚNTASELO A MI INSTINTO ...ÉL ES EL QUE MANDA.
VAMOS... OS ESPERAMOS.
ESTO ES DE RISA...EL ANTONIO SE ACHICHARRA Y TENEMOS QUE SALIR CORRIENDO...¡ARREE!
TA-TA-TA-TA-TA-TA-TA-TA
ES... ES INCREÍBLE...
16-3

¡¡DEJEN CAER SUS ARMAS!!... ¡¡NO OPONGAN NINGUNA RESISTENCIA!!
LUCAS TENÍA RAZÓN. AQUELLOS NO ERAN LOS SOLDADOS QUE HASTA HACÍA MUY POCO VIGILABAN LOS CAMPOS DE MINAS, CON SUS UNIFORMES APEDAZADOS Y SUS ARMAS OXIDADAS.
¿DE DÓNDE HAN SALIDO ESOS TÍOS? ... PARECEN MARCIANOS... Y MIRAD EL MATERIAL QUE LLEVAN ...
ERAN UNA NUEVA RAZA DE PROFESIONALES DE LA GUERRA, PERFECTAMENTE EQUIPADOS... PERO... ¿EQUIPADOS POR QUIÉN?... ¿DÓNDE ESTABAN SUS FÁBRICAS?... ¿DE QUÉ LUGAR DEL MUNDO HABÍAN VENIDO?
Y SEGUÍ PREGUNTÁNDOME CUÁNTAS COSAS QUE DESCONOCÍAMOS HABRÍAN SUCEDIDO FUERA DE LA CIUDAD DURANTE TODOS AQUELLOS AÑOS DE AISLAMIENTO.
¿QUIÉNES SOIS?... ¿VENÍS A LIBERARNOS? ... ¿PODEMOS SALIR DE LA CIUDAD CON NUESTRAS FAMILIAS?
16-4

¡¡DISPARE!!
¡OUUFF!
¡AUGH!
TA-TA
TA-TA-TA-TA-TA-TA-TA-TA-TA
¡¡CHAP!!
TA-TA-TA-TA-TA-TA-TA-TA-TA-TA-TA-TA...!
16-5

VOLVE-MOS A LA BASE.
ROM-ROM-ROM-ROM-ROM
ROM
ROM-ROM-ROM...
ROM-ROM-ROM-ROM...!
COF-COF-COF-COF
ROM-ROM...!
MALDITOS... MALDITOS... ¡¡MALDITOS!!...
16-6

TRES DÍAS DESPUÉS.
BATAN LA ZONA 114 E INFORMEN... REPITO... BATAN LA ZONA 114 E...
114
114
UNA LÍNEA DE HUMO... POSICIÓN CUADRÍCULA 114... UNOS QUINCE KILÓMETROS.
ENTERADOS... CORTO.
RA-TA-TA-TA-RA-TA
16—7

CONECTAD LOS CHIVATOS EN FRECUENCIA DE BASE Y NO DEJÉIS DE HABLAR.
PATRULLA MARRÓN A BASE... EMPEZAMOS A PEINAR LA ZONA... NADA SOSPECHOSO.
NOS SEPARAMOS... EL TERRENO ESTÁ ENCENAGADO... TRES NOS CUBRE LAS ESPALDAS.
ACABO DE DESCUBRIR LA HOGUERA... PARECE CASUAL... NO HAY RASTRO DE NINGÚN INFERIOR... VOY A...
DOS A UNO... ¿QUÉ OCURRE? ... UNO, CONTESTA... CONTESTA.
CHIVATO DE UNO NO DA SEÑAL... INVESTIGO CAUSA...
UNO HA SIDO NEUTRALIZADO... ENVÍEN REFUERZOS...
16-8

TA-TA...
TA-
¡PLOP!
¡PLOP!
TA-TA...
TRES A DOS... ESTOY ENTRANDO... RESISTE, DOS ...RESISTE.
¡¡ AAAAGGS...!!
TA-TA-TA
TA-
TA-TA-TA
LA TENSIÓN ME AFLOJÓ EL VIENTRE Y ME ENSUCIÉ BAJO EL BARRO COMO UN NIÑO DE TETA. NO ME IMPORTÓ, HABÍA LOGRADO MI PROPÓSITO: CAPTURAR VIVO A UNO DE AQUELLOS BASTARDOS.
TE DUELE... ¿EH?... SEGURO QUE SÍ.
¡¡AAAH...!!
PUEDES CREERME... SON SÓLO CARICIAS COMPARADO CON LO QUE PIENSO HACERTE.
16-9

TENÍA QUE LLEGAR A LA ENTRADA DEL TÚNEL ANTES DE QUE PUDIERA LOCALIZARME CUALQUIER PATRULLA MANDADA EN MI BUSCA.
BAJO TIERRA ESTARÍA A SALVO, TENDRÍA EL TIEMPO SUFICIENTE PARA QUE AQUEL CABRITO ME CONTARA LO QUE QUERÍA SABER... Y CONOCÍA ALGUNOS TRUCOS PARA SOLTARLE LA LENGUA SI SE PONÍA TERCO.
NADA DE TRASTADAS O TE VACÍO EL CARGADOR EN EL TRASERO.
COMO EL RESTO DE LOS INFERIORES QUE HE CONOCIDO, ERES UNA BESTIA BRUTAL DESTINADA A LA EXTINCIÓN.
¿ESE ES VUESTRO TRABAJO? ¿TERMINAR DE REMATARNOS?
SOY UN SOLDADO DE LA COMPAÑÍA, CONOZCO SÓLO LO QUE ME HA SIDO ENSEÑADO... MATAR Y MORIR...
...POR UN IDEAL SAGRADO. PERO NO TE ENGAÑAS... NUESTRAS ÓRDENES SON ANIQUILAROS... SOIS LA ESCORIA INÚTIL DEL PASADO, ANIMALES INFERIORES SIN FUTURO... NO TENÉIS LUGAR EN LA NUEVA CIVILIZACIÓN QUE ESTAMOS CREANDO.
AQUELLO RESULTABA DEMASIADO SENCILLO. ME ESTABA SOLTANDO VOLUNTARIAMENTE LA INFORMACIÓN SIN NECESIDAD DE QUE LE TOCARA UN SOLO CABELLO... Y ME PREGUNTÉ POR QUÉ LO HACÍA...
YA NO RECIBIRÉIS MÁS ALIMENTOS DEL EXTERIOR... EL CERCO SE IRÁ CERRANDO HASTA QUE TERMINEMOS CON VUESTRA RAZA DE GUSANOS.
CIERRA EL PICO... APESTAS.
...Y CÓMO HABÍAN LOGRADO CONVERTIRLE EN UN CIEGO ASESINO LLENO DE ODIO Y FANATISMO...
16-10

...Y SI VALÍA LA PENA BAJARLO AL TÚNEL O PEGARLE ALLÍ MISMO UN TIRO.
METRO LINEA 12
COMANDO DE BÚSQUEDA A DOS... LOCALIZADO... BUEN TRABAJO.
¡¡ MIERDA !!... LES HAS ESTADO GUIANDO...
POR ESO NO HAS DEJADO DE HABLAR.
¡TOUCK!
VAS A SER EL PRIMERO EN CAER... ESTÚPIDO.
MI VIDA NO IMPORTA SI TÚ MUERES... YO LUCHO POR UN IDEAL... POR LA COMPAÑÍA... ESO NOS DIFERENCIA.
TRO-TRO-TRO-TRO-TRO-TRO-TRO-TRO-TRO-TRO-TRO
TOC-TOC-TOC-TRO-TOC-TRO-TOC-TOC-TOC-TOC-TRO-TOC-TRO-TRO-TO-TOC-TRO
LIQUIDARLE ERA PERDER TRES SEGUNDOS PRECIOSOS.
TOC TOC-TOC TOC TOR
¡¡ NO ESCAPARÁS !!
Y ADEMÁS, AQUEL TIPO YA ESTABA FRÍO... CUANDO SE ESTÁ DISPUESTO A DIÑARLA GRATIS POR ALGO QUE NO SEA TÚ MISMO... YA SE ESTÁ MUERTO.
16-11

TA-TA
¡¡NO ESCA...!!
TA-TA
TA-TA-TA-TA-TA-TA-TA
¡¡¡AAAGGG....!!
CRUJIÉNDOME LOS HUESOS, ME LANCÉ HACIA EL TÚNEL, SINTIENDO CÓMO LAS BALAS SE CLAVABAN EN LA ESPALDA DE AQUEL ESTÚPIDO SALVÁNDOME LA PIEL.
TA-TA.
TA-TA-TA TA-TA-TA-TA-TA-TA
SE HABÍAN ACABADO PARA SIEMPRE LOS BUENOS TIEMPOS... UNA BANDA DE FANATICOS CERCABAN LA CIUDAD CON EL ÚNICO FIN DE EXTERMINARNOS.
TAL VEZ LO LOGRASEN, PERO EL PRECIO QUE PAGARÍAN POR ELLO SERÍA MUY ALTO... HASTA LOS GUSANOS MUERDEN LA BOTA QUE LES APLASTA.
SEGURA
FIN
16-12

José Ortiz y A. Segura
©
HOMBRE
en INCENDIO
CON UNOS CUANTOS BARRENOS PODEMOS VOLAR LA FINCA Y SACAR LA MADERA DE LAS VIGAS.
TE DIGO QUE SE PUEDE HACER AGUARDIENTE CON LAS PIELES DE LAS PATATAS.
¡MALDITA SEA TU ESTAMPA!... DEJA DE SOBAR LAS CARTAS Y JUEGA.
BUENO... ¿TERMINA YA ESA TÍA O QUÉ?
¿CÓMO ME HAS LLAMADO? ...
TE ESTOY PREGUNTANDO CÓMO ME HAS LLAMADO.
17-1

ESPERA QUE RECUERDE... PRIMERO TE HE DICHO QUE NO CUENTES CONMIGO... Y SÍ... CREO QUE HE TERMINADO...
...LLAMÁNDOTE OJOS DE SAPO.
¡¡UFFFFFFFF!!!
¡¡VOY A MATARTE POR ESO!!
¡¡LARGO!!
...SALID A LA CALLE A SACAROS LAS TRIPAS.
17-2

COMPRO ARMAS
DE CUALQUIER TIPO
MOS EMBUTIDO
PERRO
¡CLOUN!
TEN
IDO DE
PERRO
¡AUUG!
¡GROP!
¡¡CRAAASCH!!
ERES UN TIPO TRAICIONERO...
QUE MERECE TENER UN MAL FIN.
17-3

ANÍMATE... RETIRA EL INSULTO O TE PARTO EL CUELLO.
SI NO LE QUITAS LA BOTA DE ENCIMA, DUDO QUE PUEDA HABLAR.
PARA LO QUE TIENE QUE DECIR.
LE CONOZCO BIEN, SEGURO QUE PREFIERE QUE SE LO ROMPA ANTES QUE DISCULPARSE... ES MUY REBELDE MI AMIGO.
Y MUY EGOÍSTA... SE NIEGA A AYUDARNOS Y ESO NO ES DECENTE.
¡COF! ¡COF! ¡COF!
GLUBB... GLUBB... GLUBB...
TODOS SABÉIS QUE ESTOY BUSCANDO VOLUNTARIOS PARA ENFRENTARNOS A LOS CHULOS DEL EJÉRCITO QUE RODEAN LA CIUDAD... ¡¡SUÉLTALA YA, BORRACHO!!
¿ PERO...?
JA-JA-JA.
SE TRATA DE CORTAR ALGUNOS CUELLOS PARA QUE SE LO PIENSEN ANTES DE ENTRAR A SACO EN LA CIUDAD... QUE SE ENTEREN DE QUE NO SOMOS CORDERITOS PRECISAMENTE, QUE LES VA A COSTAR CARO.
ESTÁS ALUCINADO ... OS COSERÁN A TIROS SIN QUE PODÁIS VERLES.
YA LE OÍS... CONOCE COMO NADIE LAS SALIDAS AL CAMPO... PERO SE NIEGA A SACRIFICARSE POR SUS SEMEJANTES... QUIERE HACER LA GUERRA EN SOLITARIO... ES UN CERDO INDIVIDUALISTA.
JE, JE, JE... PIENSO COMO HOMBRE... ESOS MAMONES UNIFORMADOS PUEDEN DEGOLLAR A TODA LA HUMANIDAD SIEMPRE QUE SE OLVIDEN DE MÍ.
17-4

¡¡ES QUE NO LO HARÁN!!... ESTÁS EN LA LISTA... ¿COMPRENDES?
NO NOS NECESITAN PARA CONSTRUIR SU NUEVO MUNDO... SOMOS MATERIAL DE DESECHO, BASURA A LA QUE HAY QUE BARRER ...ESA ES SU FILOSOFÍA.
¡¡EJJJ!!... ESTÁ BIEN, APÚNTAME A LA BANDA... ME HAS CONVENCIDO.
¡¡BHAA!!... ERES UN IRRESPONSABLE ...TODOS LO SOIS.
¡JA, JA, JA!
¡¡JA, JA, JA!!
¡JA, JA!
HÁBLALES TÚ, CUÉNTALES CÓMO LIQUIDARON A ERNESTO... DILES QUE NO MIENTO.
DÉJALO CORRER, CÉSAR, AQUÍ NO ENCONTRARÁS A LA GENTE QUE BUSCAS... CADA UNO CUIDA DE SU PROPIA PIEL... HEMOS APRENDIDO A SOBREVIVIR POR NOSOTROS MISMOS Y NADA NOS HARÁ CAMBIAR.
CÉSAR TIENE RAZÓN... TENEMOS QUE ORGANIZARNOS Y LUCHAR JUNTOS... ACORDAOS DE CÓMO EMPEZÓ TODO...
YO TAMBIÉN ME REÍA ENTONCES...
ATENTOS, EL ABUELO VA A INFORMARNOS.
JA-JA
JA-JA-JA
JA-JA
JA-JA
DEJAMOS QUE LOS POLÍTICOS Y MILITARES DECIDIESEN POR NOSOTROS... ESCONDIMOS LA CABEZA EN UN AGUJERO EN LUGAR DE ENFRENTARNOS A SU LOCURA Y DESTROZARON NUESTRAS VIDAS IMPUNEMENTE... MISILES... GUERRA... HAMBRE... MISERIA...
¡¡DIOS!!... ¡¡NOS LO QUITARON TODO!!
CÁLMESE, ABUELO, LE PUEDE DAR UNA PARAPLEJIA... HIPP... ECHE UN TRAGO Y VERÁ QUÉ FELIZ... HIPP ...SE PONE.
AQUÍ TIENES UN BUEN RECLUTA PARA TU EJÉRCITO.
17-5

¡¡VENID TODOS!!... ¡¡SE HA INCENDIADO EL DEPÓSITO DE LEÑA!!
ESPERADME... ¡HIPP! ...
ALLÍ... EN EL BALCÓN DEL CUARTO.
PERO ¿ES QUE NADIE VA A AYUDARLES?
ESE NO ES EL ESTILO DE LA CIUDAD, SEÑORA... HIPP... SOMOS TODOS MUY DUROS ... NO NOS IMPORTA VER CÓMO SE MUEREN LOS DEMÁS...
CIERRA EL PICO.
¡SOCORROOO!
¡CRACK!
¡GOK!
17-6

¡¡¡ARRAAA...
...¡¡¡IIARRAAAAEEEIIIIII...!!
¿ESTÁS PENSANDO LO MISMO QUE YO?
EMPECÉ A TEMBLAR. TENÍA QUE RECONOCER QUE ERA UN TIPO DE IDEAS FIJAS... ESTABA EMPEÑADO EN COMPLICARSE LA EXISTENCIA... Y AQUELLO PODÍA PEGARSE COMO LA SARNA.
¡PLAAFF!
SEGURO QUE NO.
ADIÓS... EL ESPECTÁCULO ME HA SECADO LA GARGANTA... SI LOGRAS SALIR VIVO, NOS VEREMOS EN EL ALMACÉN.
VOY A INTENTARLO... AÚN ME CONSIDERO UN SER HUMANO CON SENTIMIENTOS Y CON UN BUEN PAR DE COCOS ... MIENTRAS QUE TÚ...
JA, JA, JA... YA ME TIENES HARTO CON TUS SERMONES... ERES UN BOCAZAS DE LA PEOR ESPECIE.
17 - 7

ASÍ QUE TIENES UN BUEN PAR DE COCOS Y YO NO... HAGAMOS UN TRATO, SI ENCUENTRAS A OTRO LOCO QUE QUIERA ACOMPAÑARNOS, SUBIRÉ CONTIGO... ¿ACEPTAS?
SÍ.
PUES EMPIEZA A PASAR EL ANUNCIO... OJOS DE SAPO.
¡¡ OÍDME TODOS !! ... ¡¡ NECESITAMOS VOLUNTARIOS PARA SUBIR A POR ESOS NIÑOS !! ...
SE ME HABÍA OCURRIDO UN BUEN TRUCO PARA DARLE ESQUINAZO A OJOS DE SAPO.
LA FINCA IBA A CAERSE A TROZOS ANTES DE QUE ALGUIEN LEVANTARA LA MANO.
¿TÚ TAMPOCO, ABUELO?
LAS PIERNAS NO ME RESPONDEN... SERÍA UN ESTORBO.
Y ES QUE UN CEREBRO VALE BASTANTE MÁS QUE UN PAR DE COCOS.
MALA MARCHA, TE VEO HACIENDO LA ESCALADA EN SOLITARIO.
MÍRALOS... NI SIQUIERA PIDEN AUXILIO... COMO SI SUPIERAN QUE NADIE... QUE NADIE...
¡A LA MIERDA! ... ¡¡CUENTA CONMIGO!! ... VAMOS A DARLES UNA LECCIÓN A TODOS ESTOS PIOJOSOS...
Y NO ESTOY BORRACHO... QUIERO HACERLO ... ESO ES TODO.
CUANDO QUIERAS.
17-8

POR AQUÍ ES IMPOSIBLE PASAR, NOS ACHICHARRARÍAMOS VIVOS.
¿QUÉ ESPERABAS? ¿...UN PASEO EN BARCA?
APENAS LLEVÁBAMOS SEIS SEGUNDOS EN AQUEL INFIERNO Y CÉSAR SE ESTABA DESMORONANDO... NO ME HABÍA EQUIVOCADO... ERA UN MALDITO BOCAZAS.
VAMOS, PEDRO... TENEMOS QUE SALIR.
¡¡NO!! ...¡¡AYÚDAMEE!!
¡SCRAAS!
CONTRA LA PARED... ¡¡HIPP!!... HAY QUE PASAR AL OTRO LADO.
17-9

¡TOUUM!
ES EL MEJOR CAMINO PARA LLEGAR AL PISO SUPERIOR.
MIRA ESA MADERA, ESTÁ PODRIDA... CON SÓLO SOPLARLE SE VENDRÁ ABAJO... Y AÚN NO SÉ VOLAR.
VOSOTROS PRIMERO... SOY EL QUE MÁS PESA... Y OS HE METIDO EN EL ASUNTO.
ESO SONARÍA MEJOR SI NO TE TEMBLASEN TANTO LAS PIERNAS, OJOS DE SAPO.
MADRE MÍA... ¡HIPP! ... ESTO VA A CAERSE.
¡¡NOO...!!
¡¡ACERCA EL PIE!! ...¡¡ACÉRCALO!!
DE ESO NADA... Y NO ES RENCOR POR LA PALIZA QUE ME DISTE.
SI TE AYUDO ...NOS IREMOS LOS DOS ABAJO.
17-10

¡CRAC!
¡CREC!
QUÉ ESTUPIDEZ... SIEMPRE SOÑÉ CON SER UN HÉROE... HACER GRANDES COSAS... Y UNA VEZ QUE ME ATREVO A INTENTARLO...
AAAAAAAA!!!
JA JA JA JA
AAAAAAAA
SUBE DE UNA PUÑETERA VEZ... ESTA PUERTA ESTÁ ATRANCADA...

HA SIDO TODO INÚTIL... EL BALCÓN CEDIÓ... TANTO MIEDO PARA NADA.
SE HAN SALVADO... ¡¡BAJARON POR EL CANAL DE DESAGÜE ELLOS SOLOS!!... ¡¡SON UNOS HÉROES!! ...
¡¡HOMBRE!!...¡¡AQUÍ ...EN LA CALLE!!
JOSE ORTIZ y SEGURA
¡¡ HÉROES!!... ¿Y QUIÉN NECESITABA A UN HÉROE EN AQUELLA COCHINA CIUDAD ?
17-12

¿TÚ QUÉ PIENSAS?
CREO QUE SE ESTÁ MURIENDO.
HOMBRE «TÚ NO ERES ADÁN»
© JOSE ORTIZ / A. SEGURA
NO PODEMOS ESPERAR MÁS TIEMPO, Y LLEVARLO CON NOSOTROS TAL COMO ESTÁ SERÍA UNA LOCURA... HAY QUE DECIDIRSE.
COF - COF - COF... COF
TENEMOS QUE IRNOS... EL CIEGO ESTARÁ ESPERANDO LA MERCANCÍA Y NO PODEMOS FALLARLE... A LA VUELTA TE RECOGEREMOS.
¡BAAAH!... ESTÁ YA MÁS MUERTO QUE VIVO... NO CREO QUE ENTIENDA NADA, NI FALTA QUE HACE.
¿QUÉ INTENTAS?... ESA ES SU MOCHILA.
DÉJAME TRANQUILO.
DEJADME...
Y LAS BOTAS TAMBIÉN... ESTÁN CASI NUEVAS Y YO VOY A NECESITARLAS MÁS QUE ÉL... VAMOS, AYÚDAME.
VETE A LA MIERDA, ERES UN CARROÑERO.
18 - 1

¡DEJADME EN PAZ!
CUIDA-DO.
NO TE GUSTA... ¿EH?... JI JI JI.
MALDITA SEA ... VAMONOS.
YA ME TENÍAS HARTO DE AGUANTARTE TANTA CHULERÍA... ESPERO QUE TARDES DÍAS EN REVENTAR, AMIGO.
SI VUELVES A GOLPEARLE ...TE MATO COMO A UN PERRO.
TRANQUILO, NO VALE LA PENA QUE NOS ENFRENTEMOS POR ESTA BASURA.
¡BAM!
INCREÍBLE... TODO EL NEGOCIO PARA MÍ SOLO... SOY UN TÍO AFORTUNADO.
18-2

VAYA SI LO SOY.
LO ERA MUCHO MÁS DE LO QUE SE IMAGINABA. HOMBRE HABÍA PERDIDO EL CONOCIMIENTO SIN LLEGAR A APRETAR EL GATILLO, UN SÓLO SEGUNDO LE HABÍA SEPARADO DE LA MUERTE.
COF-COF-COF-
AL DÍA SIGUIENTE.
¡FOOM!
COF COF-COF
COF.
NO ERES PRECISAMENTE LO QUE HABÍA SOÑADO... PERO SI CONSIGO SALVARTE LA PIEL, ME SERVIRÁS IGUAL QUE OTRO CUALQUIERA... O AL MENOS ESO ESPERO.
18-3

MEDICINA
¡¡QUÉÉÉ!!
¡¡?
18-4

QUÉ SUSTO ME HAS DADO... MIRA, TENGO LA PIEL DE GALLINA.
¿QUIÉN ERES?... NO RECUERDO NADA.
ESPERA, VOY A TRAERTE UNA MANTA PARA QUE TE ABRIGUES... NO TRATES DE LEVANTARTE SI NO QUIERES ROMPERTE LA CABEZA...
... ESTÁS EN LOS PUROS HUESOS DE TANTO SUDAR.
POR LOS SÍNTOMAS, TENÍAS PULMONÍA O ALGO PARECIDO... HE GASTADO CONTIGO LOS ÚLTIMOS ANTIBIÓTICOS QUE ME QUEDABAN EN EL BOTIQUÍN.
AL PRINCIPIO CREÍ QUE IBAS A MORIRTE, HASTA CAVÉ UNA FOSA EN EL HUERTO... TENDRÍAS QUE HABERTE OÍDO DELIRAR... HAS DICHO UNA CANTIDAD DE BESTIADAS INCREÍBLES ... LA VIDA NO TE HA TRATADO DEMASIADO BIEN... ¿A QUE NO?
YA LO SABES... DELIRAR COMO UN ALUCINADO, BEBER CALDOS CALIENTES Y SUDAR ES LO QUE HAS HECHO DURANTE DOS SEMANAS Y... ???
VAYA, SE HA DORMIDO OTRA VEZ.
ESTO NO TE LO DIRÉ NUNCA... PERO SI NO ME HUBIESE GUSTADO LO QUE ME HAS CONTADO EN SUEÑOS... TE HABRÍA DEJADO MORIR ...Y A PESAR DE ESO NO ME FÍO DEMASIADO DE TI.
Y HAZ EL FAVOR DE DEJAR DE RONCAR.
ROUCK...
ROOOON... R
RON... ROOON...
RON... ROOON...
18-5

SUÉLTAME, PUEDO HACERLO SOLO.
NO SEAS PESADO... YA ESTOY CANSADA DE DISCUTIR LO MISMO TODOS LOS DÍAS.
ÁNIMO, UNOS PASITOS MÁS.
ME HACES SENTIRME COMO UN VIEJO.
ES QUE LO ERES... TE CRUJEN LOS HUESOS Y LA BARBA LA TIENES CANOSA.
¿TIENES ALGÚN CIGARRILLO?
YA TE HE DICHO MIL VECES QUE NO... Y AUNQUE LO TUVIERA NO TE LO DARÍA, AÚN TOSES MUCHO POR LAS NOCHES Y EL LIBRO DICE QUE...
¿Y UN POCO DE LICOR? ...¿SABES DESTILARLO?
JA JA JA... TAMPOCO.
¡¡ MÍA !!
PESTES ...QUÉ HABILIDAD PARA CORTAR CUELLOS.
VOY A PREPARAR UN BUEN CALDO PARA ESTA NOCHE... NECESITAS MUCHAS CALORÍAS PARA PONERTE BIEN... LO PONE EN EL LIBRO.
DEMASIADO DÉBIL PARA TOMAR CUALQUIER INICIATIVA, HOMBRE HABÍA ACEPTADO LO ABSURDO DE LA SITUACIÓN. MIENTRAS AQUELLA MOCOSA SIGUIESE TRATÁNDOLE COMO UNA MADRE, NO INTENTARÍA PONERLE LA MANO ENCIMA NI A ELLA NI A NINGUNA DE SUS PERTENENCIAS. ERA CUESTIÓN DE SABER ESPERAR.
18-6

AUNQUE NO PODÍA POR MENOS QUE PREGUNTARSE CUÁL SERÍA LA RAZÓN OCULTA QUE IMPULSABA A EVA A ACTUAR DE AQUEL MODO.
SUÉLTALO YA, HASTA QUE NO ME LO PREGUNTES NO ESTARÁS TRANQUILO.
ESTÁ BIEN... ¿POR QUÉ LO ESTÁS HACIENDO?... CUIDARME... ALIMENTARME... ¿TODO ESTO POR QUÉ?
CUANDO MI PADRE MURIÓ YO TENÍA TRECE AÑOS. SEGÚN EL CALENDARIO YA HAN PASADO CINCO... Y...
EL LIBRO DICE QUE... A ESA EDAD LAS MUJERES NECESITAN CONOCER A UN HOMBRE PARA QUE NO LES SALGAN GRANOS... Y OTRAS COSAS.
ESA ES LA RAZÓN POR LA QUE ESTÁS AQUÍ... QUIERO QUE ME HAGAS EL AMOR.
¿QUEÉÉ?
Y DE TODAS LAS RAZONES QUE HABÍA PENSADO, AQUELLA SUPERABA A LA MÁS INCREÍBLE.
¡¡AAHHHH!!... ¡¡ME MUEROOO!! ...¡¡AAHHH!!
ESTABA VIVIENDO UN CUENTO DE HADAS Y SU PAPEL ERA EL DEL PRÍNCIPE AZUL.
18 – 7

¿DE QUÉ TE RÍES, DESGRACIADO?... ¡EL QUE ESCRIBIÓ EL LIBRO ERA MUCHO MÁS LISTO QUE TÚ!...
Y AUNQUE NO LO FUERA... ¿QUÉ ESPERAS?... ¿QUE VAYA A LO QUE QUEDA DE LA CIUDAD A BUSCARME UN NOVIO?... ¿VOY A ENCONTRARLO ENTRE LAS RUINAS?... ¿PONGO UN ANUNCIO EN EL PERIÓDICO?
BONITO MUNDO HABÉIS DEJADO... ANTES DE QUE DIERA DOS PASOS YA ME HABRÍAN VIOLADO... HARÍAN COLA PARA PASARME POR ENCIMA... ¿CREES QUE ME CHUPO EL DEDO?
TE ELEGÍ PORQUE ESTABAS MURIÉNDOTE Y ESO ME DABA TIEMPO A CONOCERTE Y SABER SI ME PODÍA FIAR DE TI... PERO VEO QUE ADEMÁS DE SER UN CARNICERO... ERES UN TROZO DE BESTIA...
¿O ES QUE NO TE GUSTO LO SUFICIENTE PARA HACERME ... ESO?
VEN... AYÚDAME A ANDAR ...VAMOS A DAR UN PASEO.
18-8

ERES EL SER MÁS EXTRAÑO QUE HE CONOCIDO...
ME GUSTAS LO SUFICIENTE PARA HACERTE... ESO. LO QUE RESULTA INCREÍBLE ES QUE HAYAS LLEGADO ENTERA A LA EDAD QUE TIENES, SOBRE TODO VIVIENDO SOLA.
NO ESTOY SOLA, TENGO LOS LIBROS ...NADIE SE ACERCA A ESTA PARTE DEL BOSQUE SIN QUE YO LO SEPA...
Y SI SURGEN PROBLEMAS...
¡BAM!... ¡BAM!
¡BAM!
COMO VES, MI PADRE ME ENSEÑÓ UNOS CUANTOS TRUCOS ANTES DE MORIR.
NO TE ILUSIONES DEMASIADO, NO ES LO MISMO PEGARLE UN TIRO A UNA LATA QUE A UN HOMBRE.
¿VES AQUELLAS TUMBAS...? SON DE GENTUZA QUE PENSABA LO MISMO QUE TÚ... QUIERO QUE NO LO OLVIDES.
POR UN CORTO INSTANTE, HOMBRE DESEÓ QUE DEBAJO DE AQUELLAS CRUCES NO DURMIESEN EL SUEÑO ETERNO LOS ANTERIORES PRETENDIENTES A LA MANO DE LA PRINCESA... AQUELLA ERA UNA IDEA DEMASIADO MACABRA PARA DIVERTIRLE.
18-9

AQUELLA MISMA NOCHE.
¿QUIERES ALGO MÁS?
UN CIGARRILLO Y UNA BOTELLA DE LICOR.
18-10

BUENO, POR ESTA NOCHE YA BASTA...
¿POR QUÉ ME MIRAS ASÍ?
COMPRENDO... AL LOBO SE LE HA ABIERTO EL APETITO DE CARNE DE GOLPE.
¿QUÉ HACES?
A PARTIR DE AHORA VOY A DORMIR EN EL COBERTIZO... SOLA CON ESTE RIFLE.
ESPERA... TÚ HAS INICIADO EL JUEGO Y TENGO DERECHO A SABER LAS REGLAS ... ¿PARA CUÁNDO DEJAS LO NUESTRO?
ME CONSIDERO UNA BUENA CORREDORA DE FONDO... EL DÍA QUE ME GANES ...SERÉ TUYA... TE LO JURO.
¡SPLAM!
¡¡MALDITA ZORRA!! ...
¡POOM!
18-11

PERO ¿QUÉ ES LO QUE ESTÁS PENSANDO, ESTÚPIDO?
ME TEMO QUE LO MISMO QUE YO... ESTA NOCHE VOY A MOJAR LAS SÁBANAS.
OJALÁ SE LE CAIGA EL COBERTIZO ENCIMA A ESA ZORRA DEL DEMONIO...GANARLE UNA CARRERA A LA MUY ZORRA.
Y POR PRIMERA VEZ DESDE HACÍA AÑOS, HOMBRE DURMIÓ CON UNA SONRISA EN LOS LABIOS... SOÑANDO CON EVA, LA PRIMERA MUJER.
© JOSE ORTIZ
A. SEGURA.
CONTINÚA EN EL SIGUIENTE EPISODIO
18-12

2.ª PARTE

JOSÉ ORTIZ Y ANTONIO SEGURA ©
HOMBRE, GRAVEMENTE ENFERMO, ES ABANDONADO A SU SUERTE EN EL BOSQUE QUE RODEA LA CIUDAD POR GERMÁN, QUE LE ROBA SU MOCHILA Y BOTAS.
UNA EXTRAÑA MUCHACHA LLAMADA EVA RECOGE A HOMBRE LLEVÁNDOLE A SU CASA Y CUIDÁNDOLE HASTA QUE SE RECUPERA. CUANDO HOMBRE LE PREGUNTA POR QUÉ LO HA HECHO, EVA CONFIESA QUE DESEA QUE ÉL LE HAGA EL AMOR.
UN MES DESPUÉS HOMBRE HABÍA RECUPERADO SUS FUERZAS, Y CON ELLAS EL DESEO POR POSEER A LA MUCHACHA AUMENTABA CADA DÍA QUE PASABA A SU LADO, FRENADO SU INSTINTO POR UN SENTIMIENTO DE RESPETO QUE NUNCA ANTES HABÍA SENTIDO HACIA NINGUNA MUJER.
¡CRAAAS!
NO PARTAS MÁS, YA TENEMOS SUFICIENTE LEÑA PARA PASAR DOS INVIERNOS.
¿DOS INVIERNOS? ...¿Y QUIÉN TE HA DICHO QUE PIENSO QUEDARME AQUÍ TANTO TIEMPO?... IGUAL DECIDO LARGARME MAÑANA MISMO.
VOY A DARME UN BUEN BAÑO, ESTOY EMPAPADA DE SUDOR... Y TÚ DEBERÍAS HACER LO MISMO.
19-1

¿ES QUE NO ME HAS OÍDO?
ESTÁ BIEN... POR MÍ PUEDES HACER LO QUE QUIERAS... Y ADEMÁS ...
TE COMPRENDO PERFECTAMENTE... DEBES ESTAR HARTO DE COMER DECENTEMENTE TODOS LOS DÍAS, DE DORMIR TRANQUILAMENTE SIN PREOCUPARTE POR SI ALGUIEN BUSCA CORTARTE EL CUELLO... ESTA PAZ ES DEMASIADO PARA TI.
¡¡OH, SÍ!!... EL SEÑOR SE MUERE DE GANAS POR VOLVER A VIVIR COMO UN CERDO, ALIMENTÁNDOSE DE BASURA HASTA QUE LE AGUJEREEN A BALAZOS POR CUALQUIER ESTUPIDEZ ... REVENTAR CON LAS TRIPAS ESPARCIDAS POR EL BARRO ES TU MÁXIMA ILUSIÓN.
SI NO TE GUSTA CÓMO TE TRATO... ¡¡DESAPARECE!!
¡¡MIERDA!! ... SABES QUE NO ES ESO... LOS TIPOS COMO YO TAMBIÉN NECESITAN UNA MUJER QUE LES CALIENTE LA CAMA... Y TÚ NO PARECES DISPUESTA A HACERLO.
POR LA FUERZA NO VAS A CONSEGUIRLO.
EVA TENÍA RAZÓN. UN MES ATRÁS NO HABRÍA DUDADO UN INSTANTE EN VIOLARLA, Y EL QUE AHORA FUESE INCAPAZ DE HACERLO LE DEMOSTRABA HASTA QUÉ PUNTO LA MUCHACHA HABÍA LOGRADO ABLANDARLE, TEJIENDO A SU ALREDEDOR UNA RED DE AFECTO EN LA QUE SE SENTÍA ATRAPADO COMO UNA MOSCA EN UNA TELA DE ARAÑA.
QUE TE COMPRE QUIEN TE ENTIENDA, HERMANA.
Y SÓLO CONOCÍA UN MEDIO PARA ROMPER EL ENCANTAMIENTO... PONER TIERRA POR MEDIO... DE OTRO MODO TERMINARÍA COMIENDO EN SU MANO COMO LAS GALLINAS.
19-2

¡TCHUIN...!
ME LLEVO UNA MANTA Y LA ESCOPETA, TE LAS DEVOLVERÉ EN EL PRÓXIMO VIAJE.
NO HACE FALTA QUE TE MOLESTES EN VOLVER.
TOMA, PENSABA REGALÁRTELAS UN DÍA DE ESTOS ...SON UN MODELO EXCLUSIVO.
¿A QUÉ ESPERAS PARA PONÉRTELAS?
19-3

ES UNA LÁSTIMA QUE HAYAS DECIDIDO MARCHARTE, CON UN POCO MÁS DE TIEMPO PODRÍA COSERTE UNAS BOTAS DE PIEL, TENGO UN LIBRO QUE DICE CÓMO HACERLO.
NO INTENTES VOLVÉRMELA A JUGAR, ES INÚTIL.
¿POR QUÉ DICES ESO?
LO SABES DE SOBRA... SEGÚN ME CONTASTE, LA RAZÓN DE SALVARME LA PIEL ERA PORQUE NECESITABAS UN MACHO QUE TE HICIESE EL AMOR... DESPUÉS TE HAS DEDICADO A DARLE LARGAS AL ASUNTO... MIENTRAS YO NO DEJABA DE BABEAR COMO UN PERRO EN CELO...
...ESPERANDO QUE TE DECIDIESES ...UN ROLLO DEMASIADO COMPLICADO PARA MÍ.
LARGÁNDOME TE HAGO UN FAVOR, PODRÍA PERDER LOS NERVIOS Y HACERTE PASAR UN MAL RATO... ASÍ QUEDAMOS EN PAZ, ME CUIDASTE CUANDO ESTABA ENFERMO Y A CAMBIO TE REGALO TU VIRGO.
¡¡NO HAS ENTENDIDO NADA!!
¡¡TE ODIO!!
¡¡MALDITA SEA!! ...¿QUÉ BUSCAS AHORA?... ¡¡CONTESTA!!
19-4

PARA LOS HOMBRES ES MUY FÁCIL, SÓLO HACE FALTA QUE NOS LEVANTEMOS LAS FALDAS Y ESTÁ TODO RESUELTO... PERO YO SOY UNA MUJER... NECESITO SENTIRME AMADA... PROTEGIDA... DESEADA... NECESITO QUE ME DIGAS ALGO TAN SENCILLO COMO QUE **ME QUIERES** PARA PODERME ENTREGAR.
DÉJAME.
ESTABA A PUNTO DE COMETER UNA EQUIVOCACIÓN.
PERO DURANTE DEMASIADOS DÍAS HABÍA ESPERADO AQUEL MOMENTO PARA TENER ESCRÚPULOS DE CONCIENCIA.
TE QUIE-RO.
19-5

NINGÚN RAYO DIVINO BAJÓ DEL CIELO FULMINÁNDOLE POR LAS PALABRAS QUE ACABABA DE PRONUNCIAR, Y EMPEZÓ A COMPRENDER QUE NO TODO ERA MENTIRA, QUE DE ALGUNA FORMA AMABA A LA MUCHACHA QUE TEMBLABA ENTRE SUS BRAZOS.
Y LE ALEGRÓ PENSAR QUE YA HABÍA CORTADO LEÑA SUFICIENTE PARA DOS LARGOS INVIERNOS.
TE QUIERO.
Y VOLVIÓ A REPETIR LAS PALABRAS INTENTANDO ACOSTUMBRARSE A SU EXTRAÑO SONIDO, ANTES DE DEJARSE LLEVAR POR EL SUEÑO.
19-6

VAMOS... DESPIERTA, GRANDULLÓN.
NO... OTRA VEZ NO... DÉJAME DORMIR.
JA, JA, JA, JA... VÍSTETE Y VEN AL COMEDOR, HE PREPARADO UNA COMIDA ESPECIAL... NOS LA MERECEMOS.
DIOS MÍO, HA SIDO LO MISMO QUE HACERLE EL AMOR A UNA GATA, TENÍA VERDADERAS GANAS... SI LO PENSARA DOS VECES, SALDRÍA HUYENDO HACIA EL BOSQUE, VOLVERÍA A VIVIR LIBREMENTE, SIN RESPONSABILIDADES.
PERO HAY UN PEQUEÑO PROBLEMA... ME HA GUSTADO DEMASIADO PARA PERDERLO TAN PRONTO Y TAL VEZ NUNCA MÁS VUELVA A ENCONTRAR AL MISMO TIEMPO UNA MUJER Y UN... ¿HOGAR?
¿QUÉ TE PARECE?
¿DE DÓNDE HAS SACADO EL VINO...? JURARÍA QUE ME HAS DICHO MIL VECES QUE NO TENÍAS NINGUNA CLASE DE LICOR.
LO GUARDABA PARA ESTE MOMENTO... YA VES QUE SOY UNA MUCHACHA LLENA DE SORPRESAS.
QUIERO QUE LA BEBAS POR LOS DOS... VAS A NECESITAR MUCHA ENERGÍA PARA RESISTIR MI PRÓXIMO ATAQUE... AMOR.
19-7

HASTA LA ÚLTIMA GOTA.
ESPERA, VAMOS A HACER UN BRINDIS.
POR MI ANIMAL PREFERIDO ...POR LA MANTIS RELIGIOSA.
PERDONA... CREO QUE ESTOY UN POCO BORRACHO... ¿POR QUÉ BICHO TENGO QUE BEBER?... AH, SÍ, LA MANTIS.
¿NO CONOCES SUS COSTUMBRES?... ES UN ANIMALITO MUY ESPECIAL... COMO YO ...EN REALIDAD NOS PARECEMOS MUCHO.
LA MANTIS BUSCA AL MACHO CUANDO SIENTE LA NECESIDAD DE APAREARSE... LO CONQUISTA... Y CUANDO TERMINA DE SACIAR SU DESEO LO DEVORA... ¿NO TE PARECE GRACIOSO?... NECESITA AL MACHO CON LA MISMA INTENSIDAD QUE LO ODIA...
ODIA SU PRESENCIA ... SU CONTACTO ...SU EXISTENCIA ...Y LO DESTRUYE.
DEJA DE HABLAR... CREO... CREO QUE ME HA SENTADO MAL LA CENA... AYÚDAME A SALIR... NECESITO VOMITAR.
19-B

ERES UN ESTÚPIDO... ES EL VENENO, CARIÑO... EL QUE HAS BEBIDO CON EL VINO... EL SUFICIENTE PARA QUE QUEDES PARALIZADO... INDEFENSO... INCAPAZ DE DEFENDERTE... CONDENADO A ESCUCHAR LO QUE VOY A HACER CONTIGO.
JA-JA JA-JA-JA JA
¿QUÉ CREÍAS? ¿QUE IBAS A COMPARTIR MI VIDA... QUE IBA A PERMITIRTE SEGUIR MANCHANDO CON TUS MANOS MIS LIBROS... MI CASA...? JA, JA, JA. YA HAS CUMPLIDO TU MISIÓN... NO ME SIRVES PARA NADA.
¡¡AAHHH!! CÓMO ME HE DIVERTIDO... EL GRANDULLÓN TRAGÁNDOSE ENTERO EL ANZUELO... MIRÁNDOME ENTERNECIDO... DICIÉNDOME... TE QUIERO.
¡¡PUES CLARO QUE ME QUIERES!!... ESA ES MI MAYOR VICTORIA SOBRE TI... EL HABER LOGRADO ENAMORARTE ANTES DE MATARTE...
NO SOY UNA VULGAR ASESINA... SOY UNA MANTIS RELIGIOSA.
19-9

DEJA QUE TE AYUDE, CARIÑO... ESTAS MUY CANSADO ...MUY CANSADO.
¡¡AAG...!!
NECESITABA VOMITAR EL VENENO QUE ME ESTABA MATANDO Y SOLO EL DOLOR PODÍA AYUDARME A LOGRARLO.
ESTA TUMBA VA A SER TU NUEVO HOGAR... NO TEMAS, NO VAS A ESTAR SOLO, TE VAN A HACER COMPAÑÍA MIS VIEJOS Y QUERIDOS AMANTES.
AJJJAGG...
BRU... COF... COF...
19-10

¡¡MUÉRETE
DE UNA
VEZ!!
¡AG!
¡¡MUÉ-
RETE!!
¡TOOUMB!
19-11

DEMASIADO FÁCIL... TE MERECES UN FINAL MEJOR... VOY A DEJARTE VIVIR... Y DURANTE LO QUE TE RESTE DE VIDA VAS A ESTAR ESPERANDO QUE VUELVA PARA VENGARME... NO VAS A TENER UN SOLO INSTANTE DE PAZ.
Y CUANDO EMPIECES A OLVIDARME ...VOLVERÉ...
FIN
© JOSÉ ORTIZ . A. SEGURA. 19-12

BIOGRAFÍAS

JOSÉ ORTIZ (Cartagena, 1932 – Valencia, 2013) fue uno de los autores más celebrados del cómic español, poseedor de una extensa y prolífica trayectoria. Tras debutar en 1950, se trasladó a la ciudad levantina, donde compartió estudio con su hermano **Leopoldo** y grandes dibujantes de la época como **Miguel Quesada** o **Luis Bermejo**. Entre sus primeros encargos profesionales destacan los realizados para Editorial Maga, como la exitosa *Dan Barry el Terremoto*. A estos proyectos iniciales les siguieron *Sigur el Vikingo* y *Hazañas del Oeste* para Turay, y su participación en *Bisonte Extra Ilustrada* y la Colección Historias de Bruguera.

A partir de la década de los sesenta y a través de la agencia Bardon Art, Ortiz orientó su carrera hacia el mercado británico, trabajando en cómics bélicos, tiras de prensa como *Carolyn Baker* y en las series *UFO Agent* o *Rogue Trooper*, así como en las historietas románticas *Romeo* y *Valentine*.

El éxito de *Grandes mitos del Oeste*, con guion de **Josep Toutain**, marca el inicio de la década de los setenta, propiciando su desembarco en el mercado estadounidense a través de la agencia Selecciones Ilustradas. Inició así una fructífera colaboración con Warren Publishing, dibujando historias para *Creepy*, *Eerie* y *Vampirella* y recibiendo en 1975 el premio Warren al *best all around artist*. Los encargos para mercados extranjeros tuvieron continuidad en títulos como *Tarzán*, *El hijo de Tarzán* o *El cuervo*.

Consolidado entre los grandes dibujantes de su época y en pleno *boom* del cómic adulto en España, los años ochenta estuvieron marcados por la fundación, junto a otros ilustres colegas de profesión, de Ediciones Metropol, que dio cobijo a las cabeceras *Metropol*, *Mocambo* y *K.O. Comics*. Posteriormente, centró sus esfuerzos en revistas nacionales de Toutain y Norma, como *Cimoc*, *Zona 84* y *Creepy*. Allí se publicaron series tan recordadas como ***Hombre***, ***Burton y Cyb***, ***Las mil caras de Jack el Destripador*** o *Ives*, siendo **Antonio Segura** –también autor del guion de *Bud O'Brien*– uno de sus colaboradores más recurrentes.

Durante la década de los noventa, Ortiz publicó en revistas como *Torpedo*, *Ozono* o *L'Eternauta*, y tras dibujar *Orígenes del hombre americano* y *La civilización Inca*, retomó su incursión en mercados foráneos. Durante esta última etapa, trabajó especialmente para la editorial Bonelli (***Ken Parker***, *Tex*) y para revistas británicas (*Eagle*, *Scream!*, *2000AD*). Todo un referente del noveno arte, cuyo talento fue reconocido con galardones como el premio Oso 2010 a la labor de una vida de Expocómic, el gran premio del Salón Internacional del Cómic de Barcelona 2012 o el premio Haxtur "al autor que amamos" del Salón del Cómic de Asturias de 2013.

ANTONIO SEGURA (Valencia, 1947–2012) fue uno de los grandes guionistas del cómic español, partícipe de algunas de las obras más celebradas de nuestra historieta. Su debut en el medio se produjo a comienzos de la década de los ochenta, coincidiendo con el *boom* del cómic adulto. Por aquel entonces inexperto pero entusiasta, el guionista centraba sus esfuerzos en la redacción de cuentos de ciencia ficción. Su trayectoria experimentó un punto de inflexión cuando le presentaron a tres dibujantes interesados en crear obra propia: **José Ortiz**, **Luis Bermejo** y **Leopoldo Sánchez**. Los proyectos propuestos por Segura a estos historietistas de primerísimo nivel fueron ***Hombre***, *Bogey* y *Orka*, respectivamente, que a la postre fueron publicados en la revista *Cimoc* de Norma Editorial. Su carta de presentación como guionista fue inmejorable, mostrando ya por aquel entonces una de sus grandes virtudes: pese a su predilección por la ciencia ficción, la versatilidad con la que abordó géneros tan variados como el *western*, el fantástico, el *noir*, el terror o las aventuras era innegable.

A estos proyectos iniciales les siguieron muchos otros. Prolífico y de imaginación inagotable, a lo largo de su extensa trayectoria tuvo ocasión de publicar historias serializadas en las principales revistas españolas, como *Cimoc*, *Zona 84*, *Metropol* y *K.O. Comics*. Con el tiempo se convirtió en uno de los colaboradores más recurrente de Ortiz. Juntos, firmaron obras como ***Burton y Cyb***, ***Las mil caras de Jack el Destripador***, ***Juan el Largo***, *Bud O'Brien*, *Ives* –posteriormente rebautizada como *Morgan*– y *Ozono*. Pero en su bibliografía también destacan otras colaboraciones con nombres tan ilustres como los de **Jordi Bernet**, con quien trabajó en *Kraken* y *Servan*, o **Ana Miralles**, junto a quien desarrolló *Eva Medusa*.

A partir de 1997, Segura comenzó a trabajar casi en exclusiva con la mítica editorial italiana Bonelli, estableciendo una duradera relación profesional que se prolongó durante 15 años. Fruto de esta colaboración, escribió historias para las cabeceras *Tex* y *Magico Vento*, donde se reencontró con Ortiz.

A lo largo de su dilatada trayectoria, además del respeto, el reconocimiento y el cariño de profesionales y lectores, recibió los premios Haxtur del Salón Internacional del Cómic del Principado de Asturias de 1993 al mejor guion, a la mejor historieta larga y al finalista más votado por el público por *Eva Medusa*.